WALCYR CARRASCO
ESTRELAS TORTAS

3ª edição

© WALCYR CARRASCO, 2016
1ª edição 1997
2ª edição 2003

COORDENAÇÃO EDITORIAL	Maristela Petrili de Almeida Leite
EDIÇÃO DE TEXTO	Marília Mendes
COORDENAÇÃO DE EDIÇÃO DE ARTE	Camila Fiorenza
DIAGRAMAÇÃO	Isabela Jordani
ILUSTRAÇÃO DE CAPA	Maurício Planel
COORDENAÇÃO DE REVISÃO	Elaine Cristina del Nero
REVISÃO	Andrea Ortiz
COORDENAÇÃO DE BUREAU	Rubens M. Rodrigues
PRÉ-IMPRESSÃO	Vitória Sousa
COORDENAÇÃO DE PRODUÇÃO INDUSTRIAL	Andrea Quintas dos Santos
IMPRESSÃO E ACABAMENTO	Centro Paulus de Produção, CNPJ 61.287.546/0053-90
	Av. Syr Henry Wellcome, 335 - Cotia - SP - CEP: 06714-050
LOTE:	797271
CÓD.:	12103613

Dados Internacionais de Catalogação na Publicação (CIP)
(Câmara Brasileira do Livro, SP, Brasil)

Carrasco, Walcyr
  Estrelas tortas / Walcyr Carrasco. — 3. ed. —
São Paulo : Moderna, 2016. —
(Série do meu jeito)

ISBN 978-85-16-10361-3

1. Literatura infantojuvenil I. Título. II. Série.

16-01091   CDD-028.5

Índices para catálogo sistemático:

1. Literatura infantojuvenil 028.5
2. Literatura juvenil 028.5

Reprodução proibida. Art.184 do Código Penal e Lei 9.610 de 19 de fevereiro de 1998.

Todos os direitos reservados

EDITORA MODERNA LTDA.
Rua Padre Adelino, 758 - Belenzinho
São Paulo - SP - Brasil - CEP 03303-904
Vendas e Atendimento: Tel. (11) 2790-1300
www.modernaliteratura.com.br
2025

Impresso no Brasil

PARA ALFREDO,
QUE SE FOI

SUMÁRIO

1. Gui — 7
2. Mariana — 19
3. Bira — 26
4. Aída — 32
5. Gui — 49
6. Emílio — 58
7. Bruno — 64
8. Gilda — 73
9. Marcella — 82
10. Gui — 89

1.
GUI

"Sua irmã nunca mais vai andar."

Foi assim que papai me deu a notícia. Quando ele falou, fiquei um tempão tentando entender. O que estava querendo dizer, exatamente? A Marcella nunca mais vai andar? Como assim? Minha irmã sempre foi a principal jogadora de vôlei do colégio. Agora, nunca mais vai andar? Era só um ano mais velha do que eu, mas já parecia uma moça. Na escola, muita gente pensava que logo seria descoberta por uma agência de modelos. Ficar famosa. Trabalhar em outros países. Ganhar um dinheirão. Hoje em dia, muitas meninas se tornam modelo ainda bem novinhas. Podia acontecer com ela, podia sim!

Marcella era também minha companheirona. Pode até parecer que sou covarde. Mas a Marcella vivia me protegendo. Desde pequeno. Quando eu era bem novinho, tive bronquite alérgica. Não me lembro como foi. Dizem que eu tossia demais. Até tinham medo de que eu botasse o pulmão pra fora. Minha irmã ficou do meu lado. Ajudou a cuidar de mim. Sempre quis me proteger. Mais tarde, me ajudava nos trabalhos de classe. Principalmente nos de Matemática. Nunca fui muito bom com números. Na saída da escola, se a molecada vinha com brincadeira boba, como pegar a minha mochila e sair correndo, só para eu correr atrás, ela dava bronca. Não deixava ninguém me fazer de bobo. A turma até fazia piada. A Marcella era superatlética, das melhores em Educação Física, e eu, seu irmão, era um desastre nos esportes. Nunca fui bom de gol. Pra dizer a verdade, quando os capitães iam escolher os times, eu sempre ficava por último.

É por isso que não conseguia acreditar. Como? A Marcella, justamente a Marcella, nunca mais seria capaz de andar? Não podia ser verdade!

Tudo acontecera tão depressa! Ainda estava fazendo esforço para entender. Na sexta-feira passada, mamãe e Marcella saíram para visitar vovó Gilda. Ela morava numa cidade bem perto da nossa. Só uma hora e meia de estrada. Não pude ir. Talvez tenha sido minha sorte. Tinha muito trabalho de escola. Minhas avaliações estavam péssimas em quase todas as matérias! Mamãe prometeu voltar no dia seguinte. Ainda falei, quando saíram:

— Pede pra vovó fazer rosquinhas!

Vovó sempre mandava uns doces deliciosos.

De madrugada, acordei com o barulho de batidas na porta. Era a vizinha. A gente mal se conhecia, porque ela se mudara para o bairro havia pouco tempo. Ouvi quando meu pai atendeu. Falaram rapidamente. Havia um telefonema urgente na casa dela para meu pai. Ele saiu. Muito estranho telefonarem para a casa da vizinha, pensei. Por que não chamaram em casa? Ou no celular de papai? Fechei os olhos. Tentei dormir. Não consegui. Fiquei me revirando na cama.

Alguma coisa estava acontecendo! Ninguém telefona para ninguém de madrugada. Ainda mais na casa da vizinha! Devia ser alguém que não tinha nosso telefone. Nem mesmo o celular do papai ou da mamãe. Desde que a gente começou a usar mais o celular e as mensagens, mudamos de operadora e o número foi trocado. Muita gente só tinha o antigo! Mais tarde descobri que acharam o da vizinha pelo endereço. Na hora, a palavra urgente martelava minha cabeça. Urgente! O que podia ser urgente? Fiquei na cama, de olhos abertos, angustiado. Dali a pouco meu pai entrou, apressado.

— Guilherme, levanta depressa. Sua mãe e sua irmã sofreram um acidente na estrada. Vou deixar você na casa da vizinha.

Tive certeza. O problema só podia ser grave. Meu pai só me chama de Guilherme quando está nervoso. O resto do tempo é Gui.

— Que aconteceu, pai?

— Um caminhão bateu no nosso carro.

Dei um pulo da cama. Senti uma pontada horrível no peito.

— A mãe... a mãe morreu, pai?

Era incrível ver meu pai daquele jeito. Parecia... parecia que ia chorar. Pensava que homem daquele tamanho não chorava nunca! Mal sabia que a partir daquele dia iria ver meu pai muitas vezes comovido, com lágrimas nos olhos. Tive vontade de fazer mais perguntas. Ele já estava abrindo a cômoda e tirando minha roupa.

— Depressa, Guilherme. Vista-se. Eu não posso deixar você sozinho aqui em casa. A dona Matilde disse que você pode passar o resto da noite lá na casa dela.

— Ah, pai, deixa eu ir com você.

— De jeito nenhum. O hospital é frio, você pega gripe fácil. Elas estão internadas.

— Pai, deixa, deixa! Eu quero ficar perto da mamãe!

Vi que ele hesitava. Consegui me vestir rapidamente. Corri para o banheiro, escovei os dentes. Quando a gente acorda, tem sempre um gosto ruim na boca. Naquela noite, estava pior. É gosto de cabo de guarda-chuva, dizem. Deve ser. Embora eu nunca tenha comido um guarda-chuva. Saímos. Dona Matilde estava na porta da casa dela, com o marido. Meu pai explicou:

— Ele faz questão de ir comigo. Desculpem.

— Que é isso? Coitadinho, deve estar aflito. Mas, se quiser, amanhã ele pode passar o dia com a gente — disse dona Matilde.

O marido abanou um chaveiro.

— Posso levar vocês.

— Não se preocupe, pego um táxi.

Ele insistiu:

— Que é isso? Vocês não vão achar táxi a esta hora. Faço questão. Vizinho é pra essas coisas.

Manobrou o carro. Entramos. Papai estava muito nervoso. E também muito emocionado. Eu não conseguia entender seus sentimentos, suas reações! Quando chegamos, o vizinho avisou:

— Conte comigo para o que precisar.

— Obrigado.

Descemos. O hospital estava tão frio, tão frio! Senti até os ossos gelarem. Meu pai voou para a recepção. Explicou quem era. Subimos de elevador até um outro andar. Saímos em um corredor vazio, sem poltronas, chão cinza. Dava impressão de ser mais gelado ainda. O médico de plantão veio conversar com a gente, com uma prancheta na mão. Era um rapaz. Bem mais novo que meu pai, com ar de cansado. Explicou:

— Pelo que sei, o motorista do caminhão dormiu ao volante.

Atravessou a estrada e bateu no carro delas.

— E minha mulher? Minha filha?

— Calma... calma, meu senhor. Estamos fazendo o possível. Sua mulher... aqui está... dona Aída... sofreu fratura em um dos braços. Bateu a cabeça, aparentemente sem gravidade. Mas só teremos certeza amanhã, depois da tomografia. A garota, Marcella, tudo indica que estava sem cinto de segurança. Quando o carro recebeu o choque, a porta se abriu e ela... bem... ela voou pelo ar e caiu no asfalto.

Os dois ficaram um momento em silêncio, se olhando. O médico encheu a boca de ar, como se fosse soprar uma bexiga. Parecia procurar palavras. Tomou coragem e continuou:

— Sua filha sofreu fratura nas duas pernas... E também a medula foi afetada, logo acima da bacia.

Meu pai não estava entendendo. Nem eu.

— Ela está bem? Corre risco de vida?

— Também houve uma batida forte na cabeça, mas tudo indica não ser grave. A lesão na medula é o que nos preocupa, no momento. Estamos fazendo todos os exames necessários para que ela tenha o melhor tratamento.

O médico olhou fixamente para o meu pai e disse:

— Ainda não podemos avaliar qual a capacidade de recuperação de sua filha. Ocorre que as lesões nas células nervosas não se recuperam, como as outras. Quando são seccionadas... cortadas, como ocorreu com sua filha, elas perdem a função.

— Não estou entendendo — meu pai falou, mais nervoso ainda.

— São as células nervosas que conduzem os impulsos do cérebro por todo o corpo. Os músculos, os membros funcionam comandados pelo cérebro.

Fui ficando nervoso com toda aquela explicação. Parecia uma aula. Eu só queria saber da minha irmã. Pela resposta de papai, percebia que estava se sentindo como eu. Afinal, por que tanto exagero de explicação?

— Claro, isso eu sei.

— O interior da medula é formado por um feixe de células... de nervos... Quando eles sofrem uma lesão... bem... toda a região comandada para de funcionar. Fizemos os testes com sua filha. As plantas dos pés, por exemplo, não reagem à sensação de queimadura... a cócegas...

— Quer dizer que...

De repente, meu pai começou a chorar. Fiquei parado, olhando, sem entender o que estava acontecendo. Na hora, toda a conversa sobre células parecia uma tremenda perda de tempo. Eu queria ver a mamãe e a Marcella. Só mais tarde, lembrando de cada palavra, consegui entender o que acontecera. Eu só percebia que o médico estava tentando dar uma notícia difícil a meu pai. Alguma coisa terrível.

Pouco depois, papai se acalmou. Entrei com ele numa pequena sala, com paredes de vidro. Através delas, vimos Marcella deitada, sozinha. Parecia tão pequena, tão frágil naquela cama! Estava adormecida. Suas pernas, engessadas. O tronco também. Um curativo enorme na cabeça. Frasco de soro ao lado da cama, pingando em sua veia. Pálida! Como estava pálida! Em todo lugar cheirava remédio. Odiei sentir aquele cheiro. Depois, fomos ver mamãe. Em outro local, aparentemente mais simples, sem tantos equipamentos! Era uma enfermaria com vários leitos. Adormecida, também com soro na veia, um braço enfaixado e um curativo na testa.

— Mamãe! — eu disse.

Ela não me ouviu, é claro. Mais tarde soube que estava sedada pelos medicamentos. Fomos para o saguão. O médico disse que não adiantava ficar ali. Elas passariam a noite em observação. Não acordariam devido aos remédios. Papai sentou-se em um sofá verde, envelhecido. Fiquei a seu lado.

— O que aconteceu com Marcella, papai? O que o médico disse?

Ele me abraçou apertado.

— Depois a gente conversa.

— Ela... e mamãe... elas vão morrer?

— Não, querido. Logo estarão de volta pra casa. Tenho certeza!

Abracei papai, preocupado. Mas também estava exausto, morrendo de sono. Ele me deitou no sofá, deixou que mergulhasse a cabeça no seu colo. Adormeci.

Acordei muito, muito cedo com o barulho. A entrada do hospital estava cheia de gente falando, gritando, chorando. Macas com pessoas feridas, transportadas de um lado pro outro. Papai me levou, pela mão, até uma lanchonete. Pediu um café com leite para cada um e um pão com manteiga.

— Gui, daqui a pouco você vai poder falar com sua mãe. Talvez, também, com a Marcella. Mas, depois, você vai embora. Durante a noite, localizei sua avó. Ela deve chegar no ônibus das nove. Vem direto pra cá. Você vai com ela pra casa.

— Quero ficar aqui, pai!

— Mais tarde eu também vou tomar um banho e dar uma passada no trabalho, para explicar o que está acontecendo. Vou avisando: não teime. A situação é grave, Gui. Muito grave.

— Você disse que a mamãe estava fora de perigo! E a Marcella também.

— Só que...

Ele hesitou.

— É melhor que você saiba de uma vez. Sua irmã nunca mais vai andar.

Não queria acreditar. Um sentimento estranho tomou conta de mim. Vontade de chorar. Um bolo no estômago. Ao mesmo tempo, parecia que não era verdade. Como se eu estivesse em um filme e nada daquilo acontecesse de verdade!

Ele disse que era importante sermos muito corajosos. Que, inclusive, mamãe ainda não sabia nada sobre isso. Ele teria de contar. Seria muito difícil, porque, afinal de contas, mamãe é que estava ao volante quando tudo aconteceu. Eu deveria ser forte. Todos precisariam da minha ajuda.

Fiquei comovido. É claro que iria ajudar o papai!

Ao mesmo tempo pensava de que maneira eu ajudaria? Até aquele dia, era a mim que protegiam. Era de mim que cuidavam! Acho que eu não sabia fazer alguma coisa por alguém!

Quando foi permitido, subimos. Mamãe estava meio acordada, meio dormindo. Papai pegou sua mão.

— Aída!

— Bruno!

Eu me aproximei.

— Mamãe...

— Querido, e a Marcella?

— Está bem, Aída. Agora você precisa descansar.

Mamãe já estava fechando os olhos. Adormeceu quase imediatamente. Mais tarde, nem se lembraria dessa visita.

Voltamos ao saguão. O médico preferia que Marcella não recebesse muitas visitas, pelo que entendi. Vovó Gilda chegou logo. Desesperada, com os olhos vermelhos. De tão nervosa, precisou ser acompanhada pelo meu tio Marcos, irmão de mamãe. Ouviu as notícias. Chorou mais ainda. Depois, meu tio nos levou para casa.

Quando parti, no táxi, ainda vi a figura de papai, desolado, de pé naquele saguão frio. Sozinho. Pronto para enfrentar tudo sozinho!

Os dias seguintes foram uma tortura. Vovó instalou-se em nossa casa. Ainda bem, porque senão teríamos ficado sem roupa limpa, sem comida, sem nada! Papai voltou ao trabalho, mas passava todo o tempo que podia no hospital. Mamãe foi liberada depois de três dias e se recuperou bem rapidamente. Marcella ficou no hospital. Pelo que soube mais tarde, foi necessário fazer uma cirurgia na coluna, para alinhar as vértebras. Caso contrário ficaria, também, com as costas tortas. Quando, finalmente, voltou para casa, as pernas ainda estavam engessadas.

Foi chocante: não era mais a irmã que eu conhecia. Ela se transformara em outra pessoa. Marcella era alegre, divertida. Agora, deitada na cama, mantinha a cara fechada o tempo todo. Quando eu ia falar com ela, dava respostas curtas. Não queria saber de conversa.

O ambiente em casa era horrível. Mamãe vivia chorando pelos cantos.

— Foi minha culpa. Se não tivesse resolvido viajar de noite...

Vovó também se lastimava:

— Se não tivessem ido me visitar...

A melhor coisa que papai fez foi acabar com os comentários:

— Vocês duas, vamos parar com esse negócio de a culpa foi minha, se eu tivesse feito isso ou aquilo! Agora não adianta mais.

Mamãe revoltou-se:

— Bruno! Parece que você não tem sentimentos!

— Chega, de uma vez por todas! A gente precisa olhar pra frente. Aída, temos que fazer muita coisa. A Marcella vai precisar de tratamento constante, fisioterapia. Quando recebermos o seguro do carro, vou completar para comprar uma van.

— Isso é hora de pensar em modelo de carro, Bruno?

— É, sim, Aída. Uma van consegue transportar uma cadeira de rodas com mais conforto.

Mamãe começou a chorar de novo. Não podia nem ouvir falar em cadeira de rodas. Nem Marcella:

— Eu não quero cadeira de rodas!

— Filha, você vai precisar — explicava papai, paciente.

— Eu quero voltar a andar!

— Marcella, a medicina está progredindo muito, mas por enquanto...

— Eu fico na cama! Fico na cama o resto da vida!

Marcella estava insuportável. Minha vida também. Tudo que era bom era oferecido a ela. Vovó só fazia os doces de que ela gostava. A televisão foi para o quarto dela. Pior, perdi o meu! Agora, eu dormia no chão, e vovó na minha cama. Ainda por cima, roncava. Quando pedi pro papai comprar uma cama nova pra mim, ele abanou a cabeça.

— Não vai dar, filho. Vou precisar de muito dinheiro para...

Marcella, sempre Marcella! Eu não podia passar perto da porta do quarto que ela gritava:

"Gui, me traz um copo d'água. Gui, descasca uma laranja para mim!"

Gui, Gui! Onde estava aquela irmã tão legal?

Agora eu ia sozinho pra escola. Não suportava mais quando a turma perguntava: "É verdade que sua irmã está paralítica?".

Um dia, o Duda disse que a Marcella ficara aleijada. Deu uma raiva tão grande que parti pra cima do linguarudo. Odiei ouvir aquela palavra. Rolamos no chão. Mordi a orelha dele, quase ficou sem um pedaço. Estávamos longe da escola. Mas havia muita gente do colégio voltando pra casa pela mesma calçada. Foi a sorte. Conseguiram me segurar antes que eu almoçasse a orelha do Duda. Alguém levou o Duda pra casa (no outro dia ele apareceu com a orelha toda enrolada em um curativo). Ouvi uma voz do meu lado:

— Gui, que besteira! Não importa o que disse. Sua irmã se tornou deficiente física. Isso pode acontecer com qualquer pessoa! O que vale é que a Marcella está melhorando, não é?

Era a Mariana. Não entendi por que parecia tão interessada. Era da mesma classe da Marcella, mas as duas nunca foram grandes amigas. Fazia um ano, não sei por quê, brigaram.

— Sabe, Gui, ando com vontade de ver a Marcella. Tudo bem aparecer na sua casa?

Pensei um pouco. No início, é claro, todas as amigas mais próximas passaram por lá, e até levaram uma caixa de bombons, presente de toda a turma do colégio. Mas a Marcella estava sempre sem vontade de conversar. As amigas ficavam sentadas a seu lado, um tempão. Nada de papo. Só silêncio. Marcella parecia sem vontade de receber visitas. Mesmo assim, dei força:

— Vai, sim, Mariana.

Minha irmã passava os dias inteiros olhando pro teto. Não era legal. Só podia ficar cada vez mais triste, sempre assim, tão sozinha!

Dias depois, Mariana apareceu. Trouxe um presente. Um livro. Marcella pôs de lado, sem nem olhar o título direito.

— Obrigada.

Lá ficaram as duas, sem dizer uma palavra.

— Você quer mandar recado pra alguém do colégio, Marcella? — perguntou Mariana, levantando-se.

Até eu fiquei chocado com a reação de Marcella, porque ela começou a gritar.

— Vai, fala que me viu assim! Fala pra todo mundo! Fala pro Bira! Gostou do espetáculo? Gostou da minha cara de palhaça? Gostou de me ver presa nesta cama?

Mariana ficou calada, sem saber o que fazer. Vovó veio correndo da cozinha. Mariana fez um gesto, para que não interferisse. Marcella gritou coisas horríveis. No final, deu um berro:

— Por que foi acontecer uma coisa dessas justo comigo? Por que eu não morri? Por que não morri, Mariana?

Começou a chorar, um choro tão sentido que era de cortar o coração. Mariana sentou-se de novo na cama e abraçou Marcella. E chorou, chorou também.

Foi nesse dia que se tornaram grandes amigas.

2.
MARIANA

Nem sei direito por que entrei nessa história. Quer dizer, nunca fui do tipo boazinha. Não me dava bem com a Marcella. Brigamos, logo no início do ano, por causa de um doce. Foi assim: a Marcella ganhou uma caixa de bombons do Bira e, no intervalo, ofereceu para várias colegas da classe. Cheguei perto. Quando estava estendendo a mão para pegar um, ela comentou, dando risada:

— Fominha.

Fiquei louca da vida. Soltei o bombom como se tivesse levado um choque. A Marcella ainda disse:

— Pode pegar. Ajuda no regime.

Foi o máximo da grosseria. Sei perfeitamente que sou meio gordinha! Vivo anunciando que nunca mais vou comer doces. Depois, não resisto e mando ver. O pior foi que as outras começaram a rir. Senti o rosto pegando fogo. Respondi:

— Muquirana. Coma os seus bombons! Tomara que tenha uma diarreia!

Desde então, nunca mais conversamos. Pra falar a verdade, eu tinha até um pouco de inveja da Marcella. Quando estava na quadra de vôlei, parecia ter molas nos pés. Voava. Flutuava. Não é à toa que a maior parte dos garotos do colégio só pensava nela. O Bira, inclusive.

O Bira era o máximo. Eu e todas as garotas da classe tínhamos essa opinião. Ele, ele... nem sei como explicar... era só o máximo. Acho que isso diz tudo. Cabelos castanhos encaracolados. Alto. O peito largo, de tanta ginástica. Capitão da equipe de basquete. Que gato! Diziam que ia acabar na televisão, de tão bonito. Às vezes eu olhava no espelho e conferia meu rosto. Feia, eu não sou. Mas nunca me senti páreo pra Marcella. Nunca achei que um sujeito bonito como o Bira pudesse se interessar por mim. Acho que isso, no fundo, me deixava assim, assim... Com o sentimento de que o mundo era muito injusto comigo. Ninguém olhava pra mim. Nenhum garoto tentava se aproximar. Todos ainda me tratavam como se fosse uma menina, enquanto as outras garotas da minha idade já eram vistas como moças. A Marcella, por exemplo. Acho que qualquer garoto do colégio sonhava namorar com ela! Quando eu soube do acidente, nem quis acreditar. A Celina, uma colega da escola, comentou:

— Dizem que ela nunca mais vai poder andar.

Fiquei pasma. Como, justo a Marcella? Senti que o mundo era bem mais injusto do que eu pensava. Ou que pelo menos eu não tinha ideia do que era ser justo ou não. Como, acontecer isso com ela? Tão bonita, tão boa jogadora!

Nas primeiras semanas, fiquei sem jeito de ir à sua casa. Afinal, estávamos brigadas. Pensei em me aconselhar com alguém. Sei que podia ter conversado com minha mãe, mas fiquei sem jeito. Minha mãe vivia insistindo para eu não comer tanto doce e, certamente, não ia gostar de saber que o motivo da briga era um bombom. Finalmente resolvi bater um papo com a Alice, a bibliotecária da escola. Gosto muito de ler e sempre me dei bem com ela. Quem vê a Alice, aquele jeito de senhora, com idade para ser minha mãe, não imagina como é boa de papo. Quando a gente começa a conversar, vê que ela tem a cabeça superaberta. Contei a ela o que acontecera.

— Mariana, tem uma coisa que você precisa entender — disse a bibliotecária.

— Diz, Alice.

— Muitas vezes, a gente briga, discute. Mas nada é tão definitivo assim. Mesmo que a Marcella não tivesse sofrido o acidente, é lógico que vocês voltariam a conversar um dia. Se você não for visitá-la, nesse momento tão difícil, ela vai pensar que você realmente não se importa com ela. Essa briguinha, que no fundo não foi nada, vai ganhar peso na cabeça dela. Talvez nunca mais vocês voltem a ser amigas.

— Mas como eu faço?

— Tome coragem, aperte a campainha da casa dela e entre. Mesmo que ela esteja de mau humor, lembre que não é com você. Mas com a dificuldade em aceitar tudo que aconteceu. Ela deve estar sofrendo muito.

Aí, nem sei por quê, eu tive uma ideia:

— Posso levar um livro pra ela?

A Marcella nunca gostou de ler. Achava uma perda de tempo. Agora, presa na cama, com um colete de gesso, talvez mudasse de opinião. Um livro faz a gente viajar por países desconhecidos, conhecer gente nova, descobrir mundos que estão dentro da gente! Eu e a Alice escolhemos um belo romance.

O livro ficou em cima da minha escrivaninha. Eu não achava jeito de ir à casa da Marcella. Até que, um dia, vi o Gui, irmão dela, brigando com o Duda no meio da rua, na saída da aula. Era horrível de se ver. O Gui estava transtornado, realmente fora de si. Duda chamara Marcella de paralítica. Existem palavras que doem, que transformam uma situação difícil em um castigo. Parecem até xingamento! É mais delicado dizer deficiente física, eu acho. Mostra que a gente está aceitando a situação, a dificuldade da outra pessoa. Há palavras que são pedras, outras que são abraços! No fundo, o Gui não queria aceitar a verdade. Doía saber que não havia solução e que, sofrendo ou não, ele teria de enfrentar os fatos. Achei que eu podia dar minha contribuição! Quando os brigões foram separados, puxei conversa. Disse que queria visitar a Marcella. O Gui fez uma cara esquisita, achei até que eu não seria bem recebida. Pensei que fosse dar uma resposta grosseira. Tipo que a Marcella não gostava de mim. Mas ele respondeu que eu podia ir quando quisesse.

Ainda precisei de uns dias para tomar coragem. Fui. No início foi horrível. O ambiente pesava como chumbo. A avó, dona Gilda, estava tomando conta da casa. Era impressionante olhar para ela. Envelhecida, desgastada, com o rosto todo vincado pela dor. Gui também estava muito diferente do garoto legal que eu conhecia. Parecia menor... olhando bem, percebi que andava com os ombros encolhidos, meio corcunda. Era como se uma bomba tivesse estourado no meio da casa. Senti um cheiro no quarto da Marcella! Era mofo! Perguntei se podia abrir a janela para entrar sol, luz, calor! Ela disse que não.

— Estou com frio — respondeu, amuada.

A televisão estava ligada. Ela parecia não se importar comigo. Nem pegou o controle remoto para abaixar o volume do som. Ofereci o livro. Ela pôs de lado sem olhar para o título.

Marcella já estava sem o gesso. Seu tronco enfaixado. Mal se via, porque ela usava uma camisola larga, de flanela. O pior era a posição na cama. Parecia uma boneca quebrada. Ficava sentada de um jeito estranho, como se não tivesse forças para ficar sequer nessa posição (mais tarde descobri que realmente não tinha condições de permanecer com a coluna reta sem auxílio). Olhou para mim com uma expressão estranha, que não consegui identificar. Raiva? Ressentimento? Tentei puxar conversa, não consegui. De repente, ela gritou:

— Gui! Vó!

Ele veio, de mau humor. Percebi que já não suportava ser chamado por ela:

— Que foi, Marcella?

— Xixi!

— Posso ajudar? — perguntei.

Dona Gilda estava entrando no quarto e respondeu:

— Ainda bem que você está aqui!

Só então descobri que Marcella havia perdido o controle de suas necessidades. Ela percebera que estava molhada ao tocar a calcinha com a mão. (Mais tarde passou a usar um absorvente especial, mas naquela época todos ainda estavam aprendendo a lidar com a situação.) Ajudei dona Gilda e Gui a trocá-la. Não foi fácil. Era preciso erguer as pernas dela — como pesavam! — para trocar a calcinha. Assim como se troca a fralda de um bebê. Fiquei novamente triste, não só por ela, reduzida àquela situação, mas também pelo Gui. Percebi que ele não tinha mais liberdade alguma, pois a avó, sozinha, não dava conta de cuidar de tudo. Havia muitos problemas a serem resolvidos.

Durante toda a minha vida sempre ouvi as pessoas falarem que se deve ter um comportamento natural com um paraplégico. Pode ser, como descobri com Marcella, que a gente consiga viver uma relação legal. Mas também sou contra quem diz que não se deve julgar que é um problema. É um problema, sim, imaginem a dificuldade de locomoção! Se as pessoas considerassem a questão com toda a gravidade, talvez não existissem tantas entradas de metrô sem rampa de acesso para cadeiras de rodas, tantos teatros, tantos cinemas cercados por escadarias.

Eu estava pensando nessas coisas, quando terminamos de cuidar da Marcella. A avó saiu. Quando eu e ela ficamos a sós, Marcella pareceu se transformar num escorpião, porque começou a falar em voz alta e a dizer coisas horríveis. Como se eu tivesse ido lá só para rir do estado em que ela estava. Fiquei tão brava que nem tive forças para responder. Levantei-me, imediatamente, decidida a ir embora. Ela não podia me destratar daquele jeito. Afinal, fora lá com as melhores intenções.

De repente, ela desabou. Aquela Marcella forte, capaz de vencer uma partida de vôlei com a força de um saque. Aquela Marcella furiosa, capaz de me atingir com palavras duras, de dizer palavras horríveis. Tudo isso desapareceu. Percebi que ela gritava porque estava desesperada. Só conseguia se debater, como alguém que cai num rio e está se afogando.

— Por que não morri? — ela gritava.

Vi o rosto apavorado de Gui nos observando da porta. Nenhuma palavra poderia descrever o que percebi naquele momento. Era dor, dor e dor. Todos sofriam naquela casa, e, de repente, eu estava ali, de pé, e seria vergonhoso bancar a ofendida e sair correndo para nunca mais voltar. Marcella estava sofrendo tanto que nenhuma palavra aplacaria aquela dor. A mágoa que suas palavras me causavam não era nada perto de toda aquela tragédia. De repente, quando ainda estava gritando, Marcella começou a chorar. Um calor subiu do meu peito. As lágrimas saltaram dos meus olhos. Chorei também.

Quando vi, estávamos abraçadas, e tudo o que acontecera de feio e ruim entre nós duas realmente não fazia sentido. Depois que paramos de chorar, eu disse, simplesmente:

— Gosto de você, Marcella. Virei aqui sempre! Se quiser, posso pegar as lições da escola e trazer. Quem sabe, você ainda consegue salvar o ano?

Eu sabia que seria difícil, pois estávamos no final do semestre, mas em certas situações especiais, como a dela, sempre pode ser criada uma exceção. Ela nem respondeu. Só apertou minha mão. Ainda fiquei lá um bom tempo. A emoção foi passando, e comecei a falar do pessoal da turma. Contei o que estava acontecendo com cada um. A avó dela trouxe café e bolo de chocolate. De repente, Marcella perguntou:

— E o Bira, como vai?

Não foi preciso dizer mais nada. Ela ainda gostava do Bira. Pensava nele, tinha esperança. Pior: pelo jeito, o Bira dera chá de sumiço! Eu precisava falar com ele.

3.
BIRA

Pô, atolei!

Que droga, meu! A Mariana tinha que vir com um papo desses, como se eu fosse o cara mais miserável do planeta, só porque não fui na casa da Marcella? Eu sabia de tudo, óbvio. Quem não sabia que ela dera uma pirueta no asfalto? É claro que fiquei chateado, pô. Eu não sou nenhum monstro e juro que me senti muito mal. É uma armadilha do destino, é isso que é, porque a Marcella sempre foi linda como uma pintura e eu estava parado na dela! A gente já tinha "ficado" umas vezes, e eu dizia, pegando nos cabelos dela:

— Minha cestinha!

Para um cara louco por basquete como eu, cestinha é a melhor coisa que alguém pode ser. Muitas vezes eu pensei, em casa, sonhando acordado, que muita coisa aconteceria no meu futuro e da Marcella ainda. Coisas legais de viver. A gente se dava bem em tudo! E nós dois, ah, sem querer me exibir, mas não tinha para mais ninguém. Eu e ela, um belo par. Mas aí, quando veio a notícia, nem sei direito o que passou pela minha cabeça. Eu senti tristeza, óbvio. Senti. Aí eu disse pra mim mesmo: "Amanhã eu dou uma passada lá na casa dela".

Naquele dia não deu, eu tinha treino. Deixei pro outro, e o tempo foi passando. Aí, eu pensei: "Pode ser que ela esteja chateada comigo, porque não apareci".

Fui deixando rolar. "Qualquer dia, eu vou."

Depois, pensei que seria melhor dar mais um tempo, até ela estar menos abalada. Quem sabe não fosse alarme falso e logo logo ela voltava a andar? Aí, a gente ia sair junto e dançar, como antes, e até rolar de rir do susto que ela passou!

Foi quando a Mariana veio com aquele papo, dizendo que a Marcella queria me ver, etecétera, etecétera. Eu me senti mal pra burro, como se fosse culpado de alguma coisa. Culpado eu não era, não, porque eu e a Marcella nunca esclarecemos o que havia entre a gente. Quer dizer, nunca falamos sobre o assunto, mas eu gostava muito dela e ela de mim. Talvez a gente estivesse mesmo começando um namoro. Mas compromisso, assim como se falava no tempo dos meus pais, isso não tinha, não.

Fiquei sem jeito, pronto, foi o que aconteceu. Agora, brava comigo ela não estava, caso contrário não ia ficar mandando recadinho.

Jamais gostei de coisas tristes e acho que só estava deixando aquela fase péssima passar. Tomei uma decisão. No outro dia, depois do treino, fui pra casa da Marcella.

Fiz tudo como manda o figurino. Meu pai sempre diz que é elegante e sofisticado levar flores quando se visita alguém. Ainda mais quando é uma garota doente. Acho que ele pensa assim principalmente porque é sócio numa floricultura. Isso facilitava bem as coisas, porque flores são caríssimas, e eu nem teria grana pra comprar um presente desses. Passei na floricultura e me deram um buquê que já estava ficando passado, mas nem dava pra notar se a gente tirasse umas margaridas murchas do meio.

Cheguei à casa da Marcella com as flores, e uma velha, com a cara tão murcha que uma das minhas margaridas (depois fiquei sabendo que era a avó), abriu a porta e sorriu. Até que era bem simpática sorrindo:

— Entra, entra.

Fui entrando com cuidado, porque sei que velha dessa idade adora pensar em casamento, principalmente quando vê alguém com flores na mão. O irmão da Marcella, o Gui, também estava lá, e nos cumprimentamos de longe, porque acho que ele é meio... sei lá, meio fora do esquema. Quando joga futebol é capaz de arrancar um pedaço de grama do campo, mas a bola, mesmo, não acerta nem por milagre. A velha perguntou meu nome e gritou:

— Marcella, tem um moço lindo querendo falar com você. É o Bira.

Eu não sei, não, se sou lindo como todo mundo diz, mas achei chato a tal senhora ficar gritando pela casa. No fundo eu sou tímido, embora não pareça. Fico sem jeito quando dizem que sou lindo. Embora, se todo mundo diz, feio também não sou. A Marcella gritou:

— Bira, espera um pouco. — E chamou o Gui.

Fiquei na sala, me sentindo um palhaço com aquele maço de flores na mão, enquanto o Gui entrava no quarto e eu ouvia a voz da Marcella:

— Gui, pega o batom. Gui, pega o pente!

Era chato ouvir esses pedidos. Deu pra sentir que a Marcella não estava mesmo numa boa, porque, se estivesse, ela mesma pegava o batom e as outras coisas. Pensei que, se ela continuasse assim e um dia se casasse, a vida do marido seria um inferno. Presa numa cama, ela sempre precisaria de alguém ajudando. Aí tive um calafrio.

Quando entrei no quarto, ela estava toda arrumada. Perfumada. Mas o cheiro do quarto era mais forte. Sei lá, o quarto parecia... parecia um armário velho, fechado faz tempo. Senti também um cheiro tão forte de álcool, de remédio, que me deu enjoo. Notei, na cabeceira da cama, uma pilha de livros, e estranhei, porque Marcella nunca foi muito de ler. Entreguei as flores, ela agradeceu, sorrindo com todos os dentes, e pediu para o irmão pôr num vaso.

Gui saiu com o maço, e pensei como a vida dele também devia ser chata, com a Marcella pedindo tanta coisa o tempo todo. Ela perguntou como ia minha vida, e eu comecei a falar do campeonato. Só conseguia pensar que dali a duas semanas estaria disputando o campeonato entre colégios. Tinha de vencer de qualquer jeito. Enquanto eu falava, até esqueci que ela estava deitada naquela posição esquisita. Aí, eu olhei pra ela.

Não dava pra olhar e continuar falando. Os olhos dela estavam brilhando, como se estivessem olhando um doce. Só que o doce era eu. Ela me admirava, prestava muita atenção em todos os meus gestos, como se eu fosse um ser especial. Era isso, eu era um ser especial, porque agora ela estava naquela cama, e eu não. Ia disputar campeonato. Ela não. Nunca mais. Nunca mais?

— É verdade, Marcella, é verdade que você...?

Ela ficou branca, como se eu, em vez de perguntar, tivesse ofendido.

— Desculpa, eu não quis chatear você.

— Pode perguntar, Bira, perguntar não dói.

Marcella sempre fora corajosa e respondeu como se deve:

— Os médicos disseram que eu nunca mais vou poder andar como antes. Mas, sabe, Bira, na semana que vem começo a fazer fisioterapia.

— Então tem chance.

— Já me disseram que existem casos... bem, insistindo na fisioterapia, eu posso conseguir alguma recuperação. Meu pai está providenciando uma cadeira de rodas. Você não sabe como custa caro uma boa cadeira. Mas toda a família está ajudando. Meu tio, que tem um armazém no interior, mandou quase metade da grana.

Eu me senti pior ouvindo aquilo. Já estava me sentindo mal desde o começo. Que a família da Marcella não tinha muito dinheiro, eu já sabia. Morava naquela casinha antiga e simples, herdada pelo pai. Os quartos saíam da sala, como eram as casas muito antigamente. Bem diferente do apartamento novo em que eu morava com meus pais há um ano. Às vezes, no colégio, eu ouvia algumas meninas fazendo piada sobre a mãe dela, dona Aída, que vendia produtos de beleza, desses oferecidos de porta em porta. Elas diziam que a mãe de uma colega tinha comprado, mas o produto era tão ruim que quase arrancava a pele. O pai de Marcella também não ganhava muito bem. Trabalhava numa firma pequena, como contador. O dinheiro deles era curto.

Agora, olhando em volta, eu pensava como é que ia ser. A Marcella ia passar a vida toda naquele quarto apertado? Pelo visto, eles não tinham como contratar uma enfermeira. A tal velha, a avó e o Gui é que iam cuidar de tudo.

Só vi sofrimento pela frente. Eu me senti muito mal, porque, se pudesse, faria alguma coisa. Mas não sabia o que fazer. Bem, o que a Marcella gostaria que eu fizesse, ah, não dava, não. Ela queria que eu fosse o mesmo Bira de antes, que pegava nos cabelos dela e dizia coisas legais. Mas essas coisas legais eu dizia pra Marcella que ria, que fazia piada, a esportista que todo mundo achava o máximo.

Aquela Marcella era outra. Era triste, era encolhida, estava meio torta, e me olhava como se quisesse me abraçar, encostar a cabeça no meu ombro. Eu não tinha palavras bonitas pra dizer! Só queria dar o fora dali. Deixei o assunto ir morrendo, morrendo, e, depois de um certo tempo, levantei e disse que ia embora. Ela pediu pra eu ficar, mas dei uma desculpa, disse que voltava outro dia.

Saí no pinote. Quando cheguei na rua, pensei:

"Puxa, ainda bem que não aconteceu uma coisa dessas comigo."

Foi isso mesmo que pensei. Mas achei que era um pensamento muito egoísta e resolvi que não ia sumir, não. A Marcella precisava da minha amizade.

Tive as melhores intenções. Decidi que iria até a casa dela sempre que pudesse. E tem mais: nunca deixaria de levar flores.

Prometi a mim mesmo ser um cara legal, mas aí começaram os treinos para o campeonato. Fui deixando para outro dia, outro dia... Quando vi, já fazia tanto tempo, desde aquela visita, que nem valia a pena voltar. E também, eu conheci a Cris. Fiquei maluco por ela! Já nem lembrava que um dia quis namorar a Marcella!

4.
AÍDA

Durante muito tempo, não pude dormir direito. Simplesmente não me conformava. Passava e repassava cada detalhe daquele dia. De alguma maneira torta, a culpa devia ser minha, embora não entendesse exatamente como. Quando saímos, naquela tarde, percebi que esquecera a lã e pedi a Marcella que fosse buscar. Costumava levar novelos de lã para minha mãe tricotar blusas. Ela sempre tricotou tão bem! Eu comprara novelos azuis para um suéter para o Gui, beges para o Bruno e verdes para a Marcella. Ainda penso que, se eu não tivesse demorado mais alguns minutos por causa da lã, tudo poderia ser diferente. Talvez não estivesse naquele local da estrada, e não teria sido atingida pelo caminhão. O acidente simplesmente não teria ocorrido.

Lembro também da sensação de pânico quando vi aquele caminhão enorme vindo na minha direção, de meu gesto desesperado tentando virar o volante e da escuridão. Até hoje não sei por que Marcella estava sem o cinto de segurança. Também não saberei dizer nunca se o fecho havia quebrado sem que a gente percebesse. Marcella não se lembra. Não gosto de me aprofundar no assunto, porque é como se eu quisesse culpá-la pela própria tragédia. Mas o sentimento de que, se eu tivesse feito alguma coisa diferente, Marcella não teria sido afetada. Ah, esse sentimento nunca vai sair do meu coração!

Quando nasceram meus filhos, foi como se florescesse um jardim de esperanças. Marcella e Guilherme sempre foram fáceis de conviver, de educar, prestativos. Alunos dedicados, embora o Gui fosse mal em boa parte das matérias. Mas era só botar pressão e ele ficava quietinho em casa estudando, para se recuperar. Nenhuma mãe pode dizer que prefere este ou aquele filho. É claro que sempre adorei o Gui, meu caçula. Mas Marcella era deslumbrante. Especial. Tinha uma luz própria, que ofuscava tudo.

Nunca apreciei esportes, mas vibrava quando Marcella ia para as quadras, defender o time do colégio. Minhas amigas diziam que ela era alta para a idade, talvez em um ano ou dois pudesse ser modelo. Eu tinha medo (dizem tantas coisas do mundo das modelos), mas até gostava de me imaginar cuidando dos negócios de minha filha. Quem sabe indo ao Japão. Soube que eles gostam muito de contratar modelos ocidentais bem jovens.

Minha vida, e de meu marido, Bruno, foi sempre muito simples. Eu não me formei, como gostaria. Minha família é do interior, e comecei a trabalhar muito cedo. Minha cidade é pequena, e meus pais não tinham condições de me sustentar para fazer uma faculdade, morar fora. Mesmo que eu trabalhasse, precisaria da ajuda deles. Também sempre gostei de vendas, e durante muitos anos trabalhei numa loja de tecidos, no balcão. Vender é gostoso, porque se pode conversar com as pessoas. Enfim, não é um trabalho rotineiro. Acho que não me acomodaria numa rotina, como meu marido. Ao contrário de mim, ele gosta de tudo certinho, cheio de horários. Bruno gostava de estudar. Sonhava fazer uma boa faculdade e prestar concurso para fiscal de rendas. O fato é que casamos muito jovens e isso atropelou seus sonhos. Logo Marcella nasceu. Ele parou de estudar. Ainda queria voltar. Pensava em prestar vestibular e, provavelmente, teria entrado num cursinho preparatório, se não fosse o que aconteceu.

Com o acidente, muitos dos nossos sonhos evaporaram. Havia tanta coisa que eu também esperava fazer! Era só uma questão de juntar um pouco mais de dinheiro. Pensava em reformar a casa, juntar a sala com a garagem, que era fechada com um portão de madeira. Faria apenas uma cobertura para o carro, na frente. No lugar, faria uma sala de jantar. Meu maior sonho era ter uma sala de jantar conjugada com a de visitas, com uma mesa de madeira bem polida e seis cadeiras. Colocaria um vaso de flores no centro da mesa, como vi numa revista de decoração. Também, quem sabe, eu poderia fazer uma lareira. Sei que os invernos aqui na cidade praticamente não existem, mas eu acho lareira a coisa mais linda do mundo! Queria dar um par de patins para o Gui no Natal. Ele desejava tanto! Muitos de seus amigos até iam de patins para a escola, e ele vivia pedindo um. Depois do acidente, tinha horror só de pensar nisso. Soube que até uma queda de patins pode deixar alguém paraplégico. As possibilidades de acidente estão em todo lugar, e como mãe, depois que tudo aconteceu, eu sentia o coração ainda mais apertado, sempre com medo que acontecesse alguma coisa ainda pior. Mas havia pior?

Um dia, quando fui com Marcella ao centro de fisioterapia, conheci um senhor que havia caído no banheiro e perdera todos os movimentos, até dos braços. A medula é muito mais frágil do que se pensa. Foi quando decidi jamais dar os patins ao Guilherme, por mais que ele pedisse.

Foram muitas as coisas que eu deixei de dar ao Guilherme, e sentia um aperto no coração só de pensar no que ele estava passando. Devia ser difícil para um garoto da sua idade. Mas, por mais que eu desejasse, não conseguia que as coisas fossem diferentes, nem agir de outra maneira. Nós precisávamos de dinheiro. Minha sorte foi contar com a ajuda de minha mãe. Mas o Guilherme também teria que se sacrificar, era inevitável.

Voltei a trabalhar logo que saí do hospital. O braço enfaixado não me impediu, porque tenho algumas freguesas fixas que adoram os produtos de maquiagem que represento. São produtos muito bons, embora baratos. Minha clientela não é sofisticada, mas compra bem. Quando comecei a vender os produtos, até pedi a ajuda da Marcella. Ela falou com as amigas, que me apresentaram suas mães e consegui algumas clientes entre elas. Deu errado, porque uma dessas mulheres era alérgica e seu rosto ficou idêntico a um torresmo depois de usar alguns dos meus cremes. Marcella ficou furiosa, porque todas as amigas começaram a fazer piada e a me chamar de marreteira. Também fiquei brava, e, naquele dia, brigamos muito.

— Não somos ricos! — expliquei.

— Seus cosméticos são uma droga! — ela disse.

Sofri com isso. Como Marcella poderia me ajudar a vender se não gostava dos produtos? Boa parte dos colegas de minha filha são mais ricos que nós (sustentamos os estudos da Marcella e do Gui com dificuldade, mas queremos que eles tenham o melhor). A Marcella só vivia falando em perfume francês. Queria tanto um frasco que, no último aniversário dela, comprei a marca que ela queria de uma senhora que vende produtos do Paraguai. Sei que foi bobagem, porque também vendo perfumes muito bons. Mas queria ver minha filha feliz, e, só de lembrar, sinto o coração mais leve, porque ela teve essa alegria!

Não podia perder minhas clientes, principalmente agora, com as despesas aumentando devido à situação de Marcella! Logo depois do acidente voltei a trabalhar. Em vendas, se a gente pisca, dá errado. Precisávamos de dinheiro, mais do que nunca! Eu e a Marcella fomos socorridas logo depois do acidente e atendidas no pronto-socorro. A sequência do tratamento, porém, era a parte mais complicada. Soubemos, eu e o Bruno, que minha filha precisaria fazer fisioterapia pelo resto da vida. Acontece que, com a falta de movimentos, as pernas tendem a se atrofiar. Vão perdendo a musculatura. O corpo também, sempre na mesma posição, começa a formar feridas, as chamadas escaras. São feridas horríveis, que se abrem na carne, muito difíceis de cicatrizar. O pulmão também pode enfraquecer, e é comum, por falta de exercícios, um deficiente físico pegar uma pneumonia.

A fisioterapia é uma forma artificial de reproduzir os movimentos do corpo. Embora Marcella não pudesse mexer as pernas, um profissional faria os movimentos por ela, exercitando os músculos, para impedir que se atrofiassem. Os movimentos também ajudariam a impedir as escaras. Além disso, ela faria exercícios com os braços para, mais tarde, suportando o corpo todo, conseguir caminhar. Seria um processo longo, cansativo e... caro!

Dinheiro, dinheiro, dinheiro!

Precisávamos comprar uma cadeira de rodas, urgentemente. Também precisávamos fazer pequenas reformas na casa, não para deixá-la bonita, como eu pretendia, mas para facilitar os movimentos de Marcella. O fisioterapeuta aconselhou que eu instalasse uma barra dentro de casa, mais tarde, para ela se exercitar. Resolvi que seria na garagem — e desisti para sempre de meu sonho de ter uma sala de jantar. Também tivemos de comprar um carro mais adequado. Com o dinheiro do seguro e o que tínhamos na poupança, escolhemos uma van, na qual poderíamos colocar uma cadeira de rodas com facilidade. Como contei, minha mãe, Gilda, veio ficar conosco. Eu podia trabalhar mais e, na medida do possível, tornar a vida da minha filha mais agradável.

Trabalhava como louca naqueles dias. Como os meus produtos eram baratos, perdi o medo de ir a uns predinhos decadentes e pensões que ficavam não muito longe de onde morávamos. Arrumei algumas clientes — não quero fazer fofocas, mas elas eram grandes consumidoras de maquiagem. E, conforme descobri, trabalhavam a noite toda numa boate do centro da cidade. Mas eu não tinha nada com a vida de ninguém. Eram excelentes pagadoras. Gostavam de me receber depois do almoço. Mais tarde me disseram que, na boate, outras colegas poderiam se interessar. Muitas vezes lá ia eu, no início da noite, junto com alguma delas para o centro da cidade. Entrava em alguma daquelas boates com letreiros luminosos, para falar com as moças, enquanto a clientela ainda não ocupara as mesas.

Assisti a cenas muito pesadas. Mulheres discutindo entre si, falando palavrões que eu nem saberia repetir. Certa vez, uma das mulheres cortou o rosto da outra com uma faca e chamaram a polícia. Não pude testemunhar, porque não vira, realmente, nada. Só ouvira os gritos e vira a vítima entrar sangrando no camarim. Mesmo assim, foi horrível passar algumas horas na delegacia, entre bêbados e alguns tipos muito estranhos, para dar meu depoimento. Fiquei tão assustada que telefonei para o Bruno. Ele veio me buscar. Na volta, nem conseguimos falar sobre o assunto. Ele queria que eu parasse de frequentar aqueles ambientes. Mas precisávamos de dinheiro, e aquela era uma clientela fiel. Para falar a verdade, nunca me desrespeitaram. Certa vez, quando contei a história do meu acidente para uma moça, nordestina, ela chorou de emoção. Entendia perfeitamente o que eu estava passando, ela me disse. A maior parte do dinheiro que ganhava ia para uma senhora, sua madrinha. Criava seus três filhos, no interior. Raramente via as crianças, mas esperava oferecer a elas uma vida melhor que a dela. Até me arrepiei. Aprendi. Não se pode julgar ninguém.

Eu tinha sorte por ter Bruno ao meu lado, minha mãe e meus irmãos. Todos fizeram uma vaquinha quando chegou o momento de comprar a cadeira de rodas. Também era uma sorte ter um filho como Gui, capaz de ajudar minha mãe em tudo e cuidar da irmã como um homenzinho. No início, achei que talvez ele não suportasse. Nesse caso, não saberia o que fazer, pois não podia deixar de trabalhar, de jeito nenhum. Gui era muito útil, ajudando a avó em tudo, inclusive a levar a irmã ao banheiro nas vezes em que ela conseguia dar o alarme, o que raramente acontecia. Para um menino era difícil, eu sei! Ainda mais Gui, sempre tão protegido pela irmã. Agora tinha que cuidar dela! Como é a vida! Pedi para ele não sair muito de casa. Coitado! Nem brincar com os colegas podia mais. De manhã, ele ia à escola. Eu saía para trabalhar o mais tarde possível. Assim, mamãe e Marcella ficavam sozinhas somente por algumas horas. A vizinha da frente, que chamara Bruno no dia do acidente, também se prontificou a ajudar. Mas mamãe só a chamou três ou quatro vezes. Gui estava sempre presente, fazia o máximo pela irmã.

Algum tempo depois, apareceu a Mariana. Pelo jeito que se davam, acho que era a melhor amiga de Marcella no colégio, e não entendi por que nunca viera em casa antes. Gordinha, animada, sorridente, tudo melhorou quando ela apareceu. Principalmente por causa dos livros. Até então, Marcella não ligava muito para ler. Quando Mariana começou a trazer livros, os dias na cama se tornaram mais fáceis. Ela devorava dois ou três por semana. As duas começaram a passar muito tempo conversando.

Finalmente chegou a cadeira de rodas. Era muito boa, embora ainda não fosse a ideal. Nós sabíamos que existiam modelos mais avançados, que funcionavam como um pequeno carro, com motor e tudo o mais. O dinheiro ainda não dava para tanto. Mas, é claro, eu e Bruno decidimos poupar tudo, tudo. Até termos condições de comprar a melhor! Pensei que Marcella ia ficar contente, mas naquele dia ela chorou muito. Sair da cama era uma bênção, mas, de seu ponto de vista, sentar naquela cadeira equivalia a aceitar a situação como definitiva.

Afastamos todos os móveis da sala para que ela pudesse se locomover o melhor possível. A televisão voltou para a sala. Marcella queria mais liberdade no quarto. A verdade é que passamos os últimos tempos amontoados no quarto dela, para ver televisão! Quando a Marcella queria dormir, às vezes era preciso desligar o aparelho no meio de um programa! Agora ela poderia ver televisão com a gente, na sala. Ou ficar no quarto lendo ou conversando, à vontade.

Com a cadeira, a vida entrava em outra rotina. Marcella já podia voltar a estudar.

Ninguém pode imaginar o que senti vendo Marcella sentar naquela cadeira pela primeira vez. Enquanto ela estava na cama, é como se, talvez, um dia fosse se levantar e andar novamente. Deu um nó na garganta. Senti uma horrível dor no pescoço, de tanto esforço para não chorar.

Bruno foi até a escola e conversou com a diretora. O pessoal do colégio já previra nosso pedido e colocou a Marcella numa classe do térreo, onde não haveria problemas para entrar com a cadeira. Foi um momento muito difícil, porque eu precisava voltar a dirigir e tinha calafrios só de pensar nessa hipótese. Depois do acidente, eu não queria mais dirigir, nunca mais! O que fazer? Pedi a Bruno que me ajudasse. É um marido maravilhoso. Eu o amo tanto, tanto! Saímos no domingo. Ele me sentou no volante da van. Comecei a chorar, e ele disse:

— Aída, não dá pra fazer o tempo voltar. Foi uma tragédia, e é por causa dessa tragédia que você precisa ser forte. Ninguém pensa que você foi culpada. Em nenhum momento eu achei que você pudesse ter feito alguma coisa diferente. Estou com o coração partido, como você está. Foi uma fatalidade. É isso que você precisa pôr na cabeça. Agora, coragem. Dirija. Aprenda a dirigir essa van. Esqueça o acidente, perca o medo do volante. Nossa filha precisa de você.

Consegui agarrar o volante, colocar a marcha e partir. Estava com tanto medo que, na pracinha, achei que as árvores tinham pernas e vinham em cima de mim. Bruno conversava comigo. Consegui me acalmar. Era preciso. Aprendi a reunir a coragem necessária para dirigir novamente. Era verdade: minha filha precisava de mim!

Entrei numa rotina pesada: acordava cedo e levava Marcella e Gui à escola. Corria para atender as clientes mais próximas. Na hora do almoço, pegava os dois. Três vezes por semana, durante a tarde, levava Marcella para a fisioterapia. Era complicado, porque precisava ficar esperando e, às vezes, perdia a tarde toda. Minhas clientes noturnas tornaram-se ainda mais importantes. Fundamentais! Sem elas não conseguiria faturar nem metade do que precisava. Algumas vezes, saía para trabalhar também aos sábados à tarde.

Não era fácil. O pior era ver sempre minha filha triste, magoada, ferida pela vida. O Gui também: cada vez mais calado, mais dentro de si mesmo. Queria tanto saber o que fazer! O que mais partiu meu coração foi um dia em que cheguei mais cedo e fiquei esperando na porta, conversando com a mãe de outra aluna — quem sabe ela se interessaria em comprar os meus produtos? Vi quando o Bira saiu conversando animado com uma garota. Os dois ficaram na porta, batendo papo, fazendo charminho. Era uma garota alta, magra, até parecida com a Marcella, antes do acidente. O Bira era muito bonito: lembrava muito bem dele, porque antes eu sempre assistia aos jogos do colégio. Todo mundo dizia que ele namorava a Marcella, embora, na minha opinião, ela fosse muito nova para pensar em namoro. Nesse instante, a Marcella e o Gui saíram. Ela já aprendera a virar as rodas da cadeira com alguma rapidez. Quando saiu, o Bira e a garota a olharam. Vi que ele ficou um tanto sem jeito. A garota deu um sorrisinho de superioridade. Detestei aquele sorrisinho, que parecia dizer a ele:

"A coitada é louca por você".

Tive vontade de dar uns tapas nela, confesso. Mas, é claro, sou uma mulher civilizada, essas coisas só passam pela cabeça da gente. Fiquei quieta, parada, sofrendo. Era óbvio que a Marcella era louca pelo Bira, porque lhe lançou um olhar tão triste, tão magoado! Quase chorei. Minha mãe contara que o Bira fora em casa ver minha filha, e fora seu dia mais feliz depois do acidente! Até levara flores. Imaginei, depois daquela visita, que minha filha tinha um amigo de verdade, quem sabe um namorado? Sim, depois do acidente, para vê-la feliz eu até comemoraria o namoro, apesar de ser tão nova! Mas o Bira nunca mais apareceu.

Minha mãe me disse também que, durante várias semanas, cada vez que a campainha tocava, a Marcella ficava angustiada, querendo saber depressa quem era. Na expectativa de que fosse o Bira, com novas flores, novos sorrisos, muitas esperanças. Nunca, nunca mais. Com o tempo, ela foi se fechando, dolorida em suas emoções. Uma vez, perguntei ao Gui:

— Por que o Bira nunca mais veio?

— Sei lá. Acho que ele nem lembra mais dela.

Outra vez, quando a Mariana ia saindo, fui com ela até o portão:

— Mariana, sabe, eu acho que a Marcella pensa muito naquele rapaz, o Bira. Ele esteve aqui, trouxe flores. Posso imaginar o que isso significa. Será que você pode pedir pra ele visitar a Marcella de novo, um dia? Mariana ficou sem jeito, quando respondeu:

— Aída, não adianta.

— Não adianta por quê?

— O Bira está em outra.

— Mas ele não era amigo da Marcella? Até achei que estavam ficando na época do colégio, que iam namorar de verdade.

— Foi outra época, Aída.

Ficamos uma olhando para a outra. Respirei fundo:

— Mariana, você acha que ele nunca mais procurou a Marcella porque ela ficou paraplégica?

— É isso aí. Sabe, eu achava o Bira o máximo. Mas depois, sei lá, ele se comportou de um jeito tão frio, tão egoísta! Agora, quando olho pra ele, nem acho que seja tão bonito assim.

Mariana partiu e fiquei sozinha com minha dor. Se eu estivesse na situação do Bira, agiria diferente? Seria capaz de namorar e casar com um rapaz paraplégico? Não sei responder, ninguém sabe, porque a gente nunca tem certeza do que realmente faria numa situação extrema. Todos temos aspectos surpreendentes dentro de nós mesmos. Sombras, como li certa vez numa revista. Até hoje, nem sei onde reuni forças para suportar os momentos mais difíceis, as noites horríveis em que mergulhava a cabeça no travesseiro e chorava baixinho, para não acordar meu marido.

Foi horrível o dia em que Marcella encontrou o Bira e a garota, de nome Cris, fiquei sabendo, juntos na porta da escola. Sofri tanto! Vi o olhar que Marcella lançou ao Bira. Um olhar de cachorro ferido. Ele desviou o rosto, disfarçando. Então, Marcella teve um gesto que admirei. Quando se aproximou deles, cumprimentou:

— Tudo legal, Bira? Tudo legal, Cris?

Os dois a observaram, constrangidos. Bira engoliu em seco:

— E aí, Marcella?

Ah, que orgulho de minha filha! Ela continuou na minha direção. Abri a porta da van. Com a ajuda de Gui, conseguimos instalá-la, empurrando a cadeira pelas rampas que havíamos adaptado. Bira e a garota saíram andando em outra direção. Durante todo o trajeto de volta, eu olhava pelo espelho. Via o rosto duro de Marcella e pensava: "Não é justo que ela sofra tanto".

Foi por esse motivo, quando Mariana veio com a ideia de levar Marcella ao bailinho, que fui inteiramente contra. A escola ia fazer uma festa para arrecadar fundos para a Associação de Pais e Mestres. Um bailinho! Tipo danceteria! Eu mesma dissera que mandaria uma bandeja de sanduíches para vender. Afinal, foram muito legais quando Marcella voltou para a escola. Alguns professores deram aulas de acompanhamento sem cobrar nada. Quando ela atravessava os portões, eu ficava tranquila. Sempre haveria alguém para ajudar a evitar um obstáculo! Ou para conversar com ela, o que às vezes era mais importante do que qualquer outra ajuda!

Desde que voltara às aulas, Marcella estava mais leve. Isso me aliviava bastante. Agora, deixar que ela fosse ao bailinho? Ah! Era muito diferente! Fiquei imaginando Marcella, sentada a noite toda na cadeira de rodas, enquanto os pares rodopiavam, saltavam, pulando, se remexendo, nessas danças esquisitas de hoje em dia! Bira, tão bonito, cercado pelas outras garotas. Seria horrível! Eu só não queria que ela sofresse!

— Eu fico com ela, Aída — garantiu Mariana.

Eu não queria, de jeito nenhum. E se ela conhecesse outro rapaz? E se se interessasse? E se fosse rejeitada de novo?

"Quem vai querer namorar uma deficiente física?", eu pensava. Era melhor que não tivesse esperanças. Gui também queria ir:

— Deixa, mãe, deixa!

Como permitir que ele fosse e Marcella, não? Mamãe também era contra:

— Você precisa descansar, Marcella — argumentou.

Marcella quase gritou:

— Descansar mais do que estou descansando, vovó?

— E não é bom pegar friagem!

Foi uma gritaria. Fiquei até sem jeito, porque não gosto de lavar a roupa suja na frente de estranhos. Mariana era uma boa amiga. Mas não era da família. Marcella não se importava. Teimava. Eu também teimava do meu lado! Era tanta a minha preocupação! Eu queria o melhor para ela. E o melhor seria ficar em casa, protegida! Bruno chegou naquele instante e resolveu:

— Você vai, sim, Marcella. Você promete ficar com ela, Mariana?

— Mãe, pai, até parece que vou ficar solta no meio de bandidos! — irritou-se Marcella.

Acabei concordando. Comprei um tecido lindo, branco, cheio de brilhos. Era um tecido de que eu gostava desde a época em que era mocinha e trabalhava na loja. Uma espécie de seda sintética, com bordados de flores em branco. Trouxe tecido para o forro também. Minha mãe sempre costurou bem. Fez um vestido lindo, comprido, muito rodado.

No dia da festa, nós a ajudamos a se vestir. Lembrei de um xale espanhol, legítimo, que eu ganhara havia muitos anos, e Marcella o colocou nos ombros. Emprestei também meu colarzinho de pérolas, falsas, é verdade, mas muito bonitas. Penteamos seu cabelo para trás, fazendo um rabo de cavalo, que prendemos com um fecho de pérolas. Quando nós a ajudamos a sentar na cadeira, e ela abriu o vestido, percebemos que ele praticamente ocultava a cadeira.

Sentada daquele jeito, parecia uma princesa antiga, no trono, e estava linda, linda!

Passamos pela casa de Mariana. Apareceu com um vestido preto, muito severo para a idade dela, mas eu não fiz nenhuma crítica. Mesmo porque usava sombra preta também e notei, suas unhas também estavam pintadas de negro. Que tipo! Eu gosto que as garotas se vistam de maneira mais romântica, mas não abri a boca. Não queria estragar a festa de ninguém. Resolvi que da próxima vez a ajudaria a escolher o visual, se ela quisesse, porque sempre gostei de ver revistas de moda e conheço alguma coisa. Depois, eu e o Bruno deixamos os três, o Gui, a Marcella e a Mariana, no colégio. O pátio estava todo iluminado, enfeitado com flores de papel e, de longe, já dava para ouvir a música animada.

Fomos embora tranquilos. Há muito tempo eu e o Bruno não ficávamos sozinhos. A dor, o sofrimento, a tragédia impediam que pensássemos em nós mesmos. Mas, naquela noite, o clima era diferente. Nossa filha estava linda, feliz por comparecer a uma festa. Por ver gente. Gui também parecia feliz, ou pelo menos mais animado do que costumava estar ultimamente. Até minha mãe, sempre tão deprimida, estava orgulhosa pelo vestido, pelo sorriso da neta. Quando deixamos Marcella, Guilherme e Mariana, apertei a mão de Bruno e me aproximei dele, no carro.

— Vamos ter uma noite só para nós? — ele disse.

Nem precisei responder. Havíamos combinado, com nossos filhos, voltar só depois da meia-noite para pegá-los. A noite estava linda, e Bruno seguiu em direção a uma praça onde costumávamos passear, logo depois do casamento. Era uma praça bem policiada. Muitos casais de namorados costumavam ir até lá, à noite, para observar a cidade, do mirante. Olhar a lua e simplesmente ficar juntos.

Estacionamos a van. Saímos para passear. Ele colocou os braços em volta de mim, e me senti segura e confortável. Por algumas horas esqueci a dor, a dureza de meu trabalho, vendendo produtos de beleza na boate. Enfim, voltei a me sentir como se fosse aquela garota recém-casada de anos atrás. Compramos sorvete de palito. Sabor de uva. E, depois, olhando o mirante, ele me beijou.

Quando voltamos ao colégio, eu estava leve, feliz. De longe ouvi a música. Bruno e eu descemos para buscar nossos filhos. Não estavam mais lá. Acontecera uma coisa horrível.

5.
GUI

Sei que prometi ajudar papai e mamãe e fazer o máximo para Marcella ser feliz. Tudo que a gente garante que vai fazer nessas horas, quando quer conseguir alguma coisa. Prometi tanta coisa boa que já me sentia um anjo, com as asas crescendo nas costas. Acho legal pensar que podia ser anjo. Quando eu era pequeno, a faxineira que ia na casa da vovó uma vez por semana pegava nos dois ossinhos que a gente tem saltados nas costas e dizia:

— É o toco das asas de anjo que você perdeu quando nasceu.

Eu ficava bravo, furioso e gritava:

— Não sou anjo, não sou anjo.

Depois, ouvindo tantas pessoas falarem coisas lindas dos anjos, pensava que devia ser bom me transformar em um e poder voar bem alto, até o topo dos edifícios. Nos últimos tempos, porém, francamente! Eu sentia até os chifrinhos nascerem na minha cabeça, de tanta vontade de ser ruim e deixar todo mundo na mão.

A Marcella virara uma chata. E bota chata nisso! Verdade! Não podia ouvir o barulho dos meus passos e já gritava:

"Gui, faz isso! Gui, faz aquilo!" O tempo todo, uma chateação. Eu parecia um escravo!

É claro que ficava triste por ver minha irmã na cama, naquela posição meio caída. Depois, quando chegou a cadeira de rodas, também era de cortar o coração: a Marcella se locomovendo no meio da casa, batendo na parede, fazendo voltas e voltas para entrar por uma porta do jeito certo. As portas em casa são muito estreitas!

Mais tarde, minha irmã voltou para a escola e também foi muito difícil. Se foi duro pra mim, imagino pra ela! Ver todas as colegas brincando, correndo, fazendo charminho, e saber que nunca, nunca mais poderia fazer aquilo! E pior de tudo: saber que não era passageiro. A primeira vez que a Marcella conversou com o Bira foi de doer. Ele tentou fingir que nem vira, quando ela entrou no pátio. Mas Marcella foi até ele e puxou conversa:

— E aí, Bira, nunca mais apareceu!

— Muito treino.

Ele nem falou. Rosnou, pra dizer a verdade. A Cris, que andava saindo com ele, veio na direção dos dois.

— Tudo bem, Marcella?

Pegou o braço do Bira, e os dois foram saindo:

— Até mais, Marcella.

Minha irmã ficou parada no pátio. Tive uma vontade danada de correr até ela, de dar um abraço e gritar: "Não se preocupe, eu gosto de você. Minha irmã, você não está sozinha". Só que fiquei parado, sem ação, como se tivesse vergonha de dar um abraço em público. Vi quando ela movimentou a cadeira de rodas com dificuldade, pois faltava força nos braços, e voltou em direção a um grupo de amigas, que vira tudo, em silêncio.

Claro que muitas garotas deixaram de falar com a Cris, como se fosse culpa dela. Eu sabia que não era. Nem do Bira, talvez.

Só eu sabia como era difícil viver perto da Marcella. Era bem chato, pra dizer a verdade. Por isso, cada vez que a Mariana aparecia, eu sentia um alívio danado. A Mariana tinha boa vontade, e eu podia até sair, brincar na rua, ou simplesmente andar pela casa sem medo de que, a cada instante, minha irmã gritasse pedindo alguma coisa.

Outra coisa que me chateava: ninguém mais, em casa, se preocupava comigo. Se meu pai trazia um agrado da rua, era para ela. Se minha avó fazia um doce, era sempre o predileto da Marcella. Tudo bem: é lógico que ela estava sofrendo muito. Mas nunca mais iam fazer pudim de leite só porque eu gostava e ela não? O tempo todo me lembravam das responsabilidades:

"Fica junto da sua irmã. Não saia, porque ela pode precisar de alguma coisa."

Será que o resto da minha vida seria assim?

Quando a Mariana começou a falar na festa da escola, pensei que ia ser outra chateação. Claro que não imaginei que podia acontecer uma coisa tão ruim como aconteceu. Mas, conversa vai, conversa vem com a turma da escola, mudei de opinião. Ia ser uma festa boa, com coxinha, empadinha, esfiha, muitos tipos de doce. Também seria legal dançar com as garotas da minha turma — se bem que a maioria delas andava muito chata. A Gislene vivia com o nariz pra cima, fazendo caras e bocas para os mais velhos, da turma do Bira. Uma vez até disse que eu era baixinho, como se ela também não fosse! Só que eu não estava nem aí, ela que bancasse a boba, e daí?

No dia da festa, a Marcella ganhou um vestido branco que parecia de princesa de contos de fadas. Estava linda, de verdade. Eu não ganhei roupa nova, é claro, porque ninguém nem pensou nisso. Mas botei uma calça jeans superlegal, combinando com a jaqueta, que ainda me servia muito bem. Fomos para a escola na van, com papai e mamãe, e parecia que tudo ia dar certo. Fazia tempo que eu não via meus pais tão tranquilos. Por um momento, até pensei que tudo voltaria a ser como era antes do acidente.

A festa estava ótima, a banda tocava muitos tipos de música, e o dinheiro que meu pai tinha dado foi suficiente pra comprar refrigerante e sanduíches. A Marcella ficou sentada na cadeira, perto das cadeiras normais, onde quase todas as garotas ficavam quando não estavam dançando. Abriu o vestido e colocou o xale nas costas da própria cadeira. Quem olhava nem percebia, logo de cara, que se tratava de uma cadeira de rodas. Claro que, observando bem, dava pra notar. Mas, no escuro, só se via mesmo o rosto claro, bonito, de Marcella, com o rabo de cavalo, o colar de pérolas da mamãe e o vestido decotado no ombro. Minha irmã estava linda!

Tudo parecia tão bem que fui me divertir. Bem-feito! Nenhum dos mais velhos tirou a Gislene para dançar e, quando me aproximei, ela praticamente me empurrou pra pista. Eu me senti o próprio príncipe encantado tirando a Rapunzel da torre! Aposto que ela se arrependeu de me chamar de baixinho! E também resolvi não pensar mais nisso. Era tão legal dançar com ela! A gente se afina muito dançando, e só paramos quando minha camisa estava tão suada que até dava pra torcer. Então lembrei de Marcella. Comprei um refrigerante, dei um gole e caminhei na direção dela.

Um rapaz estava parado em frente à cadeira. Eu me aproximei, mas não muito, porque os dois conversavam animadamente. Notei que não era da turma do colégio. Devia ser um convidado de fora. Parecia um pouco mais velho que o pessoal da escola. Tinha cabelos pretos lisos, também estava vestido de preto e era magro que nem uma vassoura.

— O ano que vem entro no cursinho pra Medicina — dizia o tal.

— Que legal! Eu bem que gostaria de estar perto do vestibular, mas ainda tem muito tempo para chegar lá! — respondeu Marcella, rindo.

— Quer dizer, pra falar a verdade, pra mim também. Mas vou entrar logo pra ficar afiado! Não quero perder um ano, e meu pai disse que as vagas para Medicina têm muitos candidatos.

Tomei mais um gole do refrigerante. A conversa parecia estar sendo legal. Era melhor deixar os dois sozinhos.

— Como você chama? — perguntou ele.

— Marcella, e você?

— Emílio.

Aí, quando ele disse a próxima frase, eu gelei:

— Vamos dançar, Marcella?

Pelo jeito do rosto dela, vi que ficou tão surpresa quanto eu! Ele não percebera a cadeira de rodas! A voz de Marcella sumiu. Era apenas um fiozinho, quando respondeu:

— Não... não dá.

Emílio riu:

— Que bobagem! Por que não? Vai ficar aí a festa toda?

— Não, é que...

— Vem cá!

Rindo, certo de que ela só estava fazendo charme, ele pegou Marcella pela mão e puxou. Como se faz normalmente, quando se quer insistir com alguém que está se fazendo de difícil. Só que o puxão foi muito forte. Apanhou Marcella desprevenida. Ela caiu no chão. O rapaz, surpreso, assustado, deu um passo pra trás.

Fiquei paralisado. Toda a festa parou, diante da cena. Humilhada, minha irmã tentava se erguer nos cotovelos. Mas não tinha força para levantar sozinha. As lágrimas escorreram por seu rosto. O colar de pérolas arrebentou. As bolinhas foram caindo de seu pescoço, uma a uma...

Ninguém sabia o que fazer. Por sorte, Mariana estava por perto. Veio correndo, aos gritos:

— Idiota, imbecil! Veja o que fez!

Mariana ajoelhou-se no chão, sem receio de sujar o vestido preto, e abraçou Marcella como se fosse a mãe, ou irmã mais velha. Aí, eu também criei coragem. Corri até elas.

— Burro, burro! — eu gritei.

De repente, muita gente estava tentando ajudar. Ergueram e sentaram minha irmã na cadeira de novo. Algumas pessoas pegaram as pérolas caídas. Também salvei algumas. Coloquei no bolso. O rapaz ainda tentou falar alguma coisa:

— Desculpa, eu... eu... eu... não...

— Vá embora — gritou Mariana. — Vá embora!

Marcella chorava sem parar. Algumas pessoas estavam de pé, ao lado, tentando dizer coisas bonitas. Consolar. A diretora ofereceu:

— Se você quiser, Marcella, eu abro minha sala e você fica lá, descansando, até sua família chegar.

A bibliotecária trouxe um copo d'água.

— Quero ir pra casa! — disse Marcella.

— Mas não podemos ir pra casa agora — respondi. — O papai e a mamãe só chegam depois da...

Mariana me interrompeu:

— Podemos sim, Guilherme.

— Como?

— Vocês moram só a onze quadras do colégio. Eu e você ajudamos a Marcella a atravessar as ruas...

Fiquei apavorado, porque era noite. Desde o acidente, nunca tinha saído com a Marcella sem a presença de meu pai ou minha mãe.

— E a sarjeta? Como a cadeira vai passar?

— A gente dá um jeito. Você topa, Marcella?

Ela fez que sim, ainda humilhada. A diretora concordou:

— Querem que algum professor vá junto?

— Não é preciso. É perto. Qualquer problema, o Gui vem correndo até aqui pedir ajuda.

Apavorado, vi quando Mariana deu impulso na cadeira e atravessou o pátio. Fui atrás. Quando atravessamos os portões, ouvi a música, que continuava. Imaginei Gislene dançando com outro garoto.

Em seguida, nem pensei mais no assunto. A rua parecia tão assustadora! Fomos ajudando Marcella, que, na maior parte do tempo, movimentava sozinha a cadeira. Estávamos em silêncio absoluto. Notei as lágrimas ainda escorrendo pelo rosto da minha irmã.

Fora horrível, horrível! Imaginei sua dor, sua humilhação. Caída no chão! O vestido estava rasgado na altura do joelho. O que restou do colar guardei no meu bolso.

Sua vida seria sempre assim, uma tragédia? E a minha?

Notei os carros na rua, as janelas dos apartamentos iluminadas e invejei as outras pessoas. As famílias reunidas, vendo televisão, conversando. E nós três ali, na noite triste, voltando para casa como um time que perdeu o campeonato.

De repente, quando já tínhamos atravessado uns três quarteirões, aconteceu uma coisa incrível. Mariana começou a cantar. Sem mais nem menos, andando ao lado de Marcella, ela começou a cantar em voz alta. Envergonhado, olhei em volta, para ver se as pessoas estavam saindo nas janelas, irritadas. Mas não. E aí, ela disse:

— Canta comigo, Gui. Canta, Marcella.

Fiquei completamente sem jeito. Ela fez um gesto, incentivando, e eu comecei a cantar junto. Era o sucesso do momento e todos conheciam a letra. Ouvi a voz fraca de Marcella.

Nós três começamos a cantar, cada vez mais forte, e à medida que cantávamos a dor ia desaparecendo, o horror daquela noite evaporando. Então eu cantava, corria à frente da cadeira, fazia micagens, dançava, Marcella acompanhava batendo palmas, e fomos entrando em novas músicas. Quando errávamos, era ainda mais divertido, porque ríamos juntos como bobos e voltávamos a cantar. Algumas pessoas abriram as janelas. Nem me importei.

Chegamos em casa rindo, rindo. Mariana se despediu na porta, e eu e Marcella entramos felizes como nos velhos tempos. Estávamos tão alegres que até vovó riu com a gente.

Fomos ver televisão e, quando papai e mamãe chegaram, com cara triste e preocupada, porque tinham sabido de tudo o que acontecera na festa, levaram até um choque por ver Marcella feliz.

— Papai, mamãe, foi uma noite maravilhosa!

Eles não entenderam nada, mas notei que estavam aliviados.

A partir dessa noite, começaram a acontecer muitas coisas diferentes.

6.
EMÍLIO

Se vergonha matasse, eu já estava duro e frio. Que vexame! Que vexame! Eu não podia adivinhar, claro que não. A garota estava sentada, mas há muitas garotas que passam a maior parte de uma festa sentadas, fazendo charme.

Eu acabara de pegar alguma coisa pra beber. Olhei para o lado e a vi pela primeira vez. Parecia uma ilusão, era linda demais. O rosto pálido, a boca vermelha, o cabelo penteado para trás, o vestido branco e um colar de pérolas no pescoço. Fiquei por perto um tempo, observando. Uma garota daquelas não podia estar sozinha na festa. Quem é que ia deixar uma beleza daquelas dando sopa? Será que naquele colégio só tinha frouxo?

Fiquei olhando pra ela disfarçadamente. Não seria legal mostrar que estava na marcação. Só as amigas iam até ela conversar. Um garoto, irmão dela, soube depois, apareceu duas vezes para trazer refrigerante. Ela observava o baile com um ar triste, romântico. Pensei: "Tem jeito de ser muito delicada".

Eu não entendia como aquela garota podia estar sozinha. No meu colégio, não ficaria nem meia hora sem companhia. Talvez naquela escola as coisas fossem diferentes. Ou talvez fosse filha de algum professor muito bravo, desses que proíbem namoro. Quem sabe?

Decidi me aproximar. Nem acreditei quando ela respondeu com um sorriso, como se estivesse contente de me ver ali. Não é que eu me ache feio, não. Em geral, as garotas dizem que tenho um tipo legal. Naquela noite, estava vestido de preto. Parecia um roqueiro inglês! Mesmo assim, não esperava que fosse tão simpática. A conversa foi evoluindo, contei que quero fazer Medicina e achei que a gente estava entrando no melhor dos mundos.

Às vezes eu penso: "Como sou burro! Puxa, sou um asno!". Acho que tudo deu errado porque eu estava louco de entusiasmo. Pra dizer a verdade, só tive duas namoradas até agora. A primeira, foi quando eu tinha onze anos de idade, e foi uma menina que me emprestou um caderno cheio de desenhos românticos e depois me mandou um bilhete dizendo que estava apaixonada. Pode, nessa idade? Quase morri de vergonha, porque Raul, meu irmão mais velho, pegou o bilhete e todo mundo lá em casa morreu de rir. A vontade de namorar acabou no ato. A outra aconteceu mais tarde, mas foi uma coisa meio maluca.

Eu estava na casa de uns primos, durante as férias. Fomos para um baile no clube, e lá eu conheci uma garota de outra cidade, mais ou menos da minha idade. Dançamos a noite toda, e até aprendi a dançar formando parzinho. Depois saímos para o jardim e então eu quis pedir um beijo, mas, em vez de pedir, fui aproximando a cabeça, ela também foi aproximando e aí a gente bateu o nariz. Bateu de doer. Vexame total. Tentei de novo, entortando o pescoço, e deu certo. Encostamos os lábios um no outro. Alguém saiu do clube e disfarçamos. Ela me deu um papelzinho com o nome dela e o e-mail. Prometi mandar e-mail, mas o primeiro voltou:

"usuário desconhecido". Achei que tinha digitado errado, e mandei outros. Todos voltaram.

Até hoje não sei se ela deu o e-mail errado de propósito ou se não entendi alguma letra do e-mail. Mas também procurei no facebook, em outros sites e nunca a encontrei. Até hoje acho que ela não queria me ver, talvez por causa da família, de um pai careta. Ou pior, de um outro por quem estava realmente interessada. Só sei que fiquei apaixonado muitos anos sem saber o que foi feito dela.

Sou do tipo romântico, acho. Por isso, quando a garota sentada começou a bater papo, deu até um arrepio. Senti que estava me apaixonando, assim, de repente. Amor à primeira vista!

Queria dançar com ela, rodopiar, quem sabe, beijar? Convidei para dançar. Ela disse que não. Notei que seus olhos brilhavam, como se tivesse um sentimento escondido lá no fundo. Pensei: "Ela quer dançar, mas está fazendo charme". Insisti. Ela negou, cada vez mais envergonhada. Não tive dúvidas. Peguei a mão dela, dei um puxão, amigável, só pra estimular.

Foi uma tragédia. Ela despencou, caiu no chão. A cadeira de rodas, vazia. E aquela garota linda, no chão, tentando se erguer, mas não conseguindo. As pérolas rolando pelo cimento. Eu queria que o cimento rachasse, que aparecesse um buraco para eu cair dentro! Como fui burro, como fui burro! Não tinha percebido. É o que dá ser romântico: fiquei olhando para a garota como se ela fosse uma princesa, para seu rosto, seus olhos, seus lábios e nem vi a cadeira de rodas, oculta pelo vestido e o xale. Mas se eu tivesse prestado atenção, dava pra perceber!

"Tomara que aconteça um terremoto!", pensei. Terremotos não acontecem aqui no Brasil, e eu fiquei estático. Uma amiga dela, e depois o irmão, e mais uma quantidade de pessoas vieram ajudar. Vi quando foi colocada na cadeira. Tentei falar alguma coisa, mas ela me olhou de um jeito horrível. E a amiga gritava:

— Vá embora, vá embora!

Pensei que não tinha nada que ter vindo à festa do colégio dos outros. Caí na conversa da turma, e agora estava dando aquele vexame. Fui para um canto. Se pudesse, ficava invisível. Eu estava de carona com meu irmão mais velho e não tinha como sair de lá. Vi quando ela foi embora, escoltada pelo irmão e a amiga. Conversei com umas pessoas. Fiquei sabendo que se chamava Marcella e que sofreu um acidente de carro. Ficou paraplégica. Uma garota tão simpática presa numa cadeira de rodas! Naquela noite, tentei esquecer o assunto e até dancei com outras meninas.

No outro dia, acordei mortificado. Achei que devia, de alguma maneira, pedir desculpas. Era chato o que tinha acontecido. Conversei com um colega de classe, que também estava na festa, mas ele disse:

— Esquece.

Como se fosse fácil! Nos outros dias, fiquei um tempão pensando nela. Naquela figura bonita, sentada na cadeira, com um vestido de princesa. Tentei conversar com meu irmão, mas ele respondeu:

— O que você quer com uma deficiente? Vai arrumar pra sua cabeça o resto da vida?

Odiei a resposta. Primeiro, porque eu não estava querendo coisa alguma. Só me desculpar, talvez. Segundo, porque as pessoas falam tanto! Vivem dizendo que é preciso compreender, ajudar, ser solidário. Na hora de demonstrar, é outra história. Eu queria fazer alguma coisa. Queria falar com ela.

Os dias foram passando, e a Marcella não saía da minha cabeça. Claro que não fui mais pedir conselho a ninguém. Existem certas situações nas quais não bastam os conselhos práticos. É preciso consultar o coração. O meu batia mais depressa, cada vez que pensava nela.

Um dia, tomei coragem e conversei com uma garota que estava na festa. Era daquele colégio. Ela contou que a Marcella estudava de manhã. Por que eu queria saber? Disfarcei, dizendo que ainda estava chateado com o que aconteceu na festa. No dia seguinte, fiquei de olho, esperando o fim das aulas.

Estava decidido a falar com ela, mas foi uma decepção. Uma mulher — depois soube que era a mãe — chegou de van. Marcella saiu com o irmão. Ajudada por ele, subiu na van. Foram embora. Percebi que nunca saía sozinha. Parecia viver no alto da torre de um castelo, tão cercada pelas pessoas como uma princesa dos contos antigos.

Queria falar com ela! Demais! Lembrei da amiga furiosa, que me tocou da festa. Consegui recordar perfeitamente seu rosto: meio gordinha, cabelos crespos muito bonitos e olhos expressivos. Voltei ao colégio dois dias depois, mas nem fui atrás da Marcella. Fiquei de olho, até ver a outra, saindo com várias amigas.

— Preciso falar com você — eu disse.

Ela me olhou de um jeito estranho, não me reconheceu.

— Sou o Emílio. Fui eu, você sabe, eu derrubei sua amiga da cadeira de rodas, naquela festa.

— Ah, foi você! Agora estou reconhecendo. Nem parece o mesmo com roupas normais. Naquele dia estava todo de preto, não estava?

— Sim. Não ficou legal?

— Eu também estava de preto. Mas acho uma cor muito triste. Eu uso porque emagrece. Você não precisa, porque é magro que nem uma vareta.

Desbocada! Mas legal. Devia achar, sim, preto uma cor triste. Estava vestida com uma saia verde, blusa vermelha e tênis rosa-choque. Parecia um arco-íris!

— O que você quer?

— Falar com a Marcella.

— Acho que ela não vai querer falar com você.

— Sei que foi um vexame.

— Bota vexame nisso!

— Dá uma força, por favor! Qual seu nome?

— Mariana.

— Puxa, Mariana, que é que tem? E se ela quiser falar comigo?

— Aposto que não quer.

Falei, falei, falei. Venci pelo cansaço. Mariana acabou concordando em levar um bilhete.

7.
BRUNO

Levei um choque ao encontrar o bilhete escondido dentro do livro de Marcella. Foi por acaso. O livro estava abandonado sobre o sofá. Peguei um pouco por curiosidade, um pouco por interesse. Houve uma época em que gostava muito de ler, mas com o trabalho, sempre mergulhado em números, fui perdendo o hábito. É uma pena, porque tenho boas recordações de alguns livros. Ultimamente, Marcella tem lido muito, e, às vezes, penso em aproveitar os livros que ela pega na biblioteca para ler também. Estou planejando entrar num cursinho para a faculdade de Direito e seria bom voltar a ler. Não sei como vou fazer para voltar a estudar, mas é um projeto tão antigo! Só assim vou conseguir dar uma condição melhor à minha família!

Quando abri o livro, o bilhete caiu do meio das páginas. Estava aberto e li por reflexo. Era de um rapaz, dizendo à Marcella que gostaria de vê-la novamente. Um bilhete carinhoso! Tive uma sensação muito estranha. Um nó no estômago.

Desde o acidente, eu só conseguia pensar que minha filha se tornara tão frágil como um vaso de cristal. Eu queria protegê-la de qualquer maneira, como se, criando uma redoma em torno dela, pudesse fazê-la feliz. Às vezes me torturava, pensando: "Se eu fosse rico, poderia dar muito mais coisas a ela, coisas que a fariam mais feliz".

Muitas vezes me sentia um fracassado. A falta de dinheiro era terrível. Um tratamento pode ficar muito caro. A cadeira de rodas, consegui comprar graças à ajuda da família. Mas e o resto?

Breve nos acostumamos a deixar de lado os pequenos luxos. Economizávamos no que podíamos. Certa vez, Guilherme reclamou que o tênis estava apertado. Eu e Aída nos olhamos, preocupados. Não tínhamos dinheiro nem para um par de tênis dos mais comuns. Eu só deveria receber em quinze dias e, mesmo assim, não sobraria nada. Aída disse:

— Vamos cortar as unhas do pé, Gui. Quem sabe assim fica folgado.

O pé do garoto estava crescendo, e cortar as unhas não adiantou nada. Foi minha sogra, dona Gilda, quem conseguiu raspar a miserável pensão de viúva que recebe e comprar o tênis.

As despesas eram altas, muito mais do que eu estava acostumado a gastar. Ainda por cima, levar e trazer Marcella da escola e da fisioterapia ocupava um tempo enorme de Aída. Ela trabalhava menos. Eu nem gostava de saber que ela atendia clientes em boates do centro, onde podia ir no início da noite. Mas, mesmo assim, não faturava o suficiente.

Comecei a pegar trabalho extra para fazer em casa. Tornei-me uma espécie de contador de alguns clientes particulares, já que na firma sou apenas um assistente. De certa maneira, foi uma vantagem. Atualmente tantas pessoas me pedem esse tipo de trabalho que, em alguns meses, talvez eu possa deixar meu emprego e montar meu próprio escritório. Se der certo, poderei ganhar bem melhor. Também arrumar tempo para, finalmente, fazer a faculdade que sempre quis.

Acho que a falta de dinheiro tem sido até um incentivo para batalhar mais.

Mas a gente precisava de dinheiro. Quando Marcella se propôs a ir à escola e à fisioterapia na cadeira de rodas, aceitei, mesmo preocupado. Se Aída se limitasse a dar carona só em dias de chuva, poderia trabalhar um pouco mais, e o dinheiro, tão importante naquele momento, deixaria de ser problema.

O fato de Marcella, Gui e Mariana terem vindo sozinhos da festa da escola, na noite em que Marcella caiu, deixou minha filha bem mais segura:

— Se o Gui for comigo, a gente pode ir sem a mamãe.

Quem não gostou da história foi o Guilherme. A vida do meu filho andava muito complicada, reconheço. Durante os primeiros tempos, depois do acidente, nem podia sair de casa. Ficava de plantão, ajudando dona Gilda, minha sogra, a cuidar da Marcella. Não gosto nem de pensar nos detalhes horríveis. Mas era ele que ajudava a limpar a irmã, quando ela se sujava. Transformou-se em um criado, atento a todos os seus desejos e necessidades. Era muito esforço para um menino que, até então, fora o xodó da família. Não sobrava dinheiro nem para comprar um presente pra ele. Nem para um agrado.

Que virada! Antes, era Marcella que protegia Gui. Era ela, irmã mais velha, que o ajudava sempre. Com o acidente, a situação se invertera. Agora, além de ajudar a cuidar da irmã em casa, ele tinha também de acompanhá-la até a escola e à fisioterapia. Às vezes, ficava duas horas esperando, enquanto ela fazia os exercícios. Sentado na sala de espera, com cadernos e livros, Gui aproveitava para fazer as lições.

Algumas vezes levei Marcella à fisioterapia. Confesso que me senti mal, no começo. Era um desfile de pessoas com problemas. Acidentados dos mais diversos tipos. Alguns paraplégicos têm a lesão bem no alto da coluna e só conseguem mover os músculos da face. Soube que existem aparelhos através dos quais pessoas capazes apenas de piscar, ou de algum outro movimento mínimo, consigam virar as páginas de um livro, escrever e ter alguma atividade.

Meu estômago doía ao tomar contato com todos esses problemas. A única coisa que me consolava era lembrar do físico Stephen W. Hawking. Até o acidente, embora já tivesse ouvido falar dele, não me preocupara com os detalhes da história. Agora, era diferente: descobri que, apesar da dificuldade de movimentos, uma pessoa pode ter uma vida brilhante.

Stephen Hawking, confinado a uma cadeira de rodas, movimentando apenas alguns dedos da mão, conseguiu desenvolver algumas das mais importantes teorias da Física moderna. Seu livro *Uma breve história do tempo* tornou-se fundamental entre os interessados no assunto. Sua doença, degenerativa, fez com que fosse perdendo os movimentos cada vez mais. Quando soube da história desse homem, inicialmente me admirei: "Como ele conseguiu?". Mais tarde, pensando melhor, descobri que ele conseguiu transformar a doença numa vantagem. Pois, em vez de se lamuriar, aproveitou o isolamento forçado e o tempo livre, já que não podia ter um emprego tradicional, para pensar. Para criar. Voou.

No centro de fisioterapia, conheci escritores, músicos, comerciantes. Gente capaz de ser independente, de superar os problemas. Um rapaz me impressionou muito: paraplégico, com apenas um leve movimento em um dos braços, conseguiu montar uma loja de material para piscinas, que dirige com sucesso. Não precisa de ajuda nem no computador, para ver as listas de preços. É ele quem discute, negocia, vende. Eu descobri que, seja qual for o obstáculo, sempre há um futuro a conquistar.

À medida que Marcella foi se acostumando com a cadeira de rodas, o trajeto até o centro de fisioterapia ficou cada vez mais fácil. Guilherme a ajudava apenas a subir nas sarjetas e a descer, ou quando havia um buraco na calçada ou algo assim. No centro, alguns técnicos exercitavam as pernas de Marcella para que não se atrofiassem. Faziam isso repetindo artificialmente os movimentos que ela deveria ter se não fosse o acidente. Várias sequelas, produzidas pela falta de movimento, são evitadas também porque a fisioterapia ativa a circulação, trabalha os músculos.

Depois de algum tempo, Marcella começou a se exercitar nas barras. O exercício é aparentemente simples, mas o esforço necessário é imenso. São duas barras colocadas paralelamente ao longo de alguns metros. A pessoa deve apoiar as mãos nas barras. Aí joga todo o corpo para a frente — é um passo. Bota as mãos alguns centímetros à frente nas barras, e joga o corpo de novo — outro passo. O esforço é enorme, porque a pessoa apoia todo o peso do corpo nas mãos. É a primeira etapa para começar a andar de muletas. Quanto mais tempo fizer o exercício, melhor para o corpo.

Quando Marcella começou, tinha muita dificuldade. Até caiu muitas vezes! Mas aprendeu a exercitar os braços. Depois de algum tempo, já conseguia apoiar o corpo. Pouco a pouco, conseguiu ter forças para dar alguns passos. Era cansativo, doloroso, mas muito importante.

Entusiasmado com os progressos de minha filha, instalei barras na garagem. Passamos a deixar a van no jardim, mas tudo bem. Marcella se exercitava várias horas por dia: de manhã, antes da aula, e no final da tarde. Com isso, começou a ganhar mais independência também dentro de casa. Para tomar banho, por exemplo, não precisava da ajuda de mais ninguém. Era uma independência conquistada palmo a palmo, com sofrimento. Por isso mesmo, mais valiosa.

Mal começou a ir sozinha com Guilherme para a escola, Marcella passou a dispensar a ajuda do irmão na volta das aulas. Fiquei contente, apesar da preocupação. Antes, muitas vezes, ela se demorava conversando com os colegas, e ele era obrigado a esperar. Graças a Mariana e outras amigas, Marcella se tornava cada vez mais independente. Pelo menos, era o que acreditava.

Até encontrar o bilhete! Sim, o bilhete mudava tudo. Bilhete de um rapaz para minha filha! Eu estava surpreso! Quais seriam as intenções desse rapaz? O que queria, realmente?

Claro que me preocupei! A gente ouve tanta coisa! Fiquei cheio de suspeitas. Por que Marcella fazia tanta questão de ser independente? Por causa desse rapaz? Quando pediu para ir e voltar da escola sem a mãe, já estava pensando, possivelmente, no tal de Emílio! Queria encontrar-se com ele, certamente!

Como fiquei nervoso! O que Marcella estava fazendo? Enganando a mim? A sua mãe? Marcando encontros com um rapaz que ninguém sabia quem era? Uma raiva enorme cresceu dentro de mim. "Que falta de juízo!", pensei.

Lembrei-me de várias situações. Na última semana, fora duas noites seguidas à casa de Mariana. Teria ido realmente à casa dela? Na ocasião, deixara o telefone de Mariana. Agora, quis verificar. Disquei o número. A mãe da amiga atendeu. Fui objetivo. Expliquei o que estava acontecendo. Ela pareceu preocupada e não ocultou nada. Marcella estivera lá apenas uma vez. Na outra, Mariana também saíra. Aparentemente, tinham ido ao cinema do shopping.

— Elas são muito novas para pensar em rapazes — garantiu a mãe.

Suspirei. Aquela, sim, estava fora da realidade. Pois eu sabia muito bem que Marcella já pensava em namoro muito antes do acidente. Tinham me contado toda a história do Bira. Um egoísta, o tal Bira. Capaz de abandonar Marcella quando ela mais precisava de apoio. Agora me arrepiei de medo. Estava interessada por alguém que depois a faria sofrer? Mais uma vez, entrar em depressão e desistir de batalhar?

Já era noite. Não podia fazer nada. Não quis brigar com minha filha. Precisava refletir. Deitado na cama, conversei longamente com Aída. Ela também ficou preocupada.

No dia seguinte, Aída avisou que voltaria a levar Marcella à escola e a buscá-la. Minha filha protestou, furiosa:

— Não quero!

— Não quer, mas eu vou.

Começou a discussão. Eu já estava preparado. Peguei o bilhete.

— Você não tinha o direito de ler, pai!

— Nem você de nos enganar.

— Mas eu não estava mentindo! Só quis esperar para ver o que aconteceria!

Aída chorava:

— Marcella, você está sendo ingênua. Esse rapaz só pode ter alguma intenção ruim.

— Por quê? Porque sou deficiente? O Emílio gosta de mim. Gosta de conversar comigo.

Dona Gilda, minha sogra, assistia à cena, espantada. Guilherme também.

— Você sabia de alguma coisa, Guilherme? — perguntei.

— Não, pai! De jeito nenhum.

— Pois, agora, tudo vai voltar a ser como antes, já que você não tem juízo, Marcella.

— Quando eu podia andar, vocês nem se importavam pra onde eu ia nem com quem eu ficava.

— Ficávamos preocupados, sim. Sou seu pai — afirmei.

— Mas agora você está mais exposta. Vamos cuidar de você.

A briga foi tão feia que no dia seguinte ela não foi nem à aula nem à fisioterapia.

Fui trabalhar deixando uma ordem: nada de sair sozinha.

Quando Mariana veio visitá-la, à noite, Aída a recebeu na sala.

— Foi muito feio o que você fez, Mariana.

— Eu?

— Ajudar a Marcella a sair com aquele rapaz! Já sabemos de tudo. O nome dele é Emílio, não é? Na outra semana, vocês foram ao cinema do shopping. Ele foi junto, com certeza!

— Também foi o Raul, irmão do Emílio — confessou Mariana.

— Muito bonito! — eu entrei na discussão. — E quem é esse Emílio?

— Eles se conheceram no baile. Lembra o rapaz que puxou a Marcella da cadeira? Quando ela caiu no chão?

— Esse aí? — Nunca fiquei tão surpreso.

— Ele ficou supertriste com o vexame e me procurou. Eu também achava que era um idiota, mas ele me deu um bilhete e eu entreguei pra ela. A Marcella adorou receber, seu Bruno!

Aí, eles me pediram para ajudar a marcar um encontro. Foi depois da aula. Daí a um tempo conheci o irmão dele, e as coisas foram rolando, rolando.

Aída suspirou, de nervosa. Eu estava muito bravo:

— Pois a partir de agora nada mais vai rolar! Mariana, sei que a Marcella gosta muito de você. Não vou proibir que venha à nossa casa, porque você tem sido uma grande amiga. Mas não quero que fique bancando a leva e traz de namorados. Entendido?

— Sim, senhor.

Mariana entrou no quarto. Ouvi o zum-zum-zum das duas conversando uma boa parte da noite. Marcella chorava. "Melhor chorar agora do que depois, por motivos piores", pensei. Eu estava decidido a manter minha proibição.

8.
GILDA

Ai, que bafafá, que confusão!

Meus filhos gostam de caçoar de mim, dizendo que sou velha coroca, talvez porque meus cabelos estejam brancos como farinha de trigo. Só que sou mais moderninha que muito jovem que há por aí. Fiquei abismada de ver a atitude do Bruno com a Marcella. Onde já se viu, um pai, nos dias de hoje, ficar bravo porque a filha anda se encontrando com um garoto da idade dela? Se fosse muito mais velho, pode ser que eu também não gostasse. Até tentei aconselhar, mais tarde, porque, na hora do rolo, quem abrisse a boca apanhava. Ou pelo menos levava bronca. O Bruno estava vermelho como um pimentão, e a Aída branca como papel. Eu até pensei: "É a hora da vingança!".

Tinha meus motivos para dizer que era vingança, de certa maneira. Quando a Aída era garota, que sufoco! Meus primeiros cabelos brancos foram por causa dela. Era uma namoradeira! Naquela época tudo era mais rígido, eu mesma tive um pai superconservador. Queria ser uma mãe liberal, mas com a Aída era impossível! Nem saíra das fraldas e já falava em namorar o filho do dono do armazém. Esse negócio de sair das fraldas é modo de dizer, é claro. Mas que era bem novinha, ah, era sim! Depois, quando começou com o Bruno, eu não queria que namorasse fora de casa. Sei que é coisa de gente antiga, mas lá no interior a gente demorou a se acostumar com certas modernidades.

Hoje em dia há muita gente que mora junto sem se casar e nem por isso é mais feliz ou mais infeliz que o resto. O que vale, eu sempre digo, é o que está no coração. Se o coração da pessoa é ruim, não tem papel, não tem assinatura que resolva. Mas, na época, eu pensava de maneira diferente.

Agora, que a Aída também mudou, mudou. Porque, quando soube que a Marcella fora ao cinema com o tal de Emílio, ela ficou louca da vida. Ainda por cima, à noite! Chamaram a Mariana e fizeram um discurso pra coitada!

Eu estava farta daquela história toda. "Eles deviam aplaudir", pensei. "A menina tentando levar uma vida normal, igual a qualquer outra garota da idade dela, e eles fazendo de tudo para afastá-la de tudo e de todos."

Eu podia ter entrado na briga, mas a resposta já sabia. O Bruno era bem capaz de dizer que sogra não deve meter o nariz na educação do filho dos outros. A vida é assim mesmo. Quando precisam, chamam, fazem agrado. Para cozinhar, eu servia. Para lavar, eu servia. Para trabalhar como uma burra, eu servia. Pra dar palpite, não. Apesar de tudo, eu sentia pena. Coitados!

Eu não aguentava mais ver tanta tristeza naquela casa. Ai, gente, que tristeza! O Bruno trabalhando como um louco varrido. A Aída vendendo perfume, maquiagem, até em boate da cidade. A Marcella presa naquela cadeira. E o Gui preso à Marcella.

"Se cada um puder se libertar do outro, é bem melhor", resolvi. Fiquei na minha, como os jovens gostam de falar. Quando a Marcella voltou da aula, no outro dia, eu avisei:

— Fala pra esse moço, o tal Emílio, vir aqui, numa hora em que seu pai não esteja.

— Ahn?

Em vez de proibir, não era melhor conhecer o rapaz?

A Marcella quase me deu um beijo, de tanta alegria. Só sei que ela e a Mariana andaram conversando, e, dali a duas tardes, ela avisou:

— Daqui a pouco ele chega, vó.

Não deu outra, como dizem os mais jovens. Apareceu na porta um rapaz de cabelo escuro, calça preta e camiseta sem mangas, que no meu tempo não se usava nem pra dormir. Mas os tempos são outros, não é verdade? E, ainda por cima, tinha uma tatuagem no braço. Um dragão.

Dei um sorriso bem grande e disse:

— Vai lá na garagem, que a Marcella está fazendo exercício. Depois vem pra sala com ela. Eu vou servir um café.

Claro que não tomaram café, mas refrigerante com bolo. Do bolo, eles gostaram. Faço bolo depressa, tenho prática. Ainda servi quentinho. De cenoura com calda de chocolate, minha especialidade. Enquanto eles conversavam animados, vi que o Gui aproveitou para sair pra rua. Ainda bem. Não aguentava mais ver aquele moleque dentro de casa.

Da cozinha, eu ouvia os dois rindo na garagem. Houve uma hora em que ouvi um barulho. Corri. A Marcella caíra das barras em que se exercitava. Mas ele a estava ajudando a levantar. Não disse nada, apesar do meu coração ficar pequeno como um limão! Voltei a cuidar do bolo e do jantar, comida não aparece na mesa por milagre.

O rapaz começou a vir quase todo dia. Eu deixava os dois sozinhos. Se fiz mal, não sei, mas que ela parecia diferente, com um jeito de olhar mais brilhante. Parecia, sim. Ria por qualquer coisa. Desde o acidente pensava: "Minha neta perdeu o sorriso!". E agora ela o reencontrara!

Depois que o Emílio veio, outros amigos começaram a aparecer. A Mariana também, quase todos os dias. O Raul, irmão do Emílio. Umas meninas da escola. Eu descobri por quê: adoravam ficar na garagem. Em suas casas, não tinham um lugar só deles para ficar. Nem todo mundo tem liberdade pra trazer a turma pro quarto e ficar batendo papo. Ainda mais nessas casas e apartamentos modernos que parecem caixas de fósforos. Ah, quando eu me lembro de minha casa antiga, dos tempos de solteira, com as paredes altas e os cômodos grandes! Que saudade!

Na garagem, era diferente. Eles puseram uns cartazes na parede, com fotografias desses cantores bem malucos que andam por aí. Pintaram uma parede de preto. Como era eu quem limpava, não contei nada para a Aída. Pra quê? Ela sempre chegava cansada de passar o dia e o início da noite vendendo maquiagem. Nunca entrava na garagem.

Havia uma espécie de acordo entre os garotos e eu. Quando começava a entardecer, eles iam embora. Antes da Aída e do Bruno chegarem. Ninguém precisou combinar nada, nem o Gui. Porque ele também parecia mais feliz. Podia sair todos os dias, brincar com os amigos. Fiquei mais contente ainda, porque o Gui estava voltando a ser quem era. Não ficava trancado com a turma da Marcella, não. Ia se juntar com a molecada da rua e, às vezes, voltava todo sujo pra casa.

Não contei, também, pra Aída, quando os amigos começaram a se revezar para levar a Marcella pra fisioterapia. O Gui ficou mais livre. Quando estourou a história do bilhete, a Aída insistiu em voltar a levar a Marcella com a van não só para ir à escola, mas também pra fisioterapia. O dinheiro encurtou e ela me fez prometer que tomaria conta da minha neta. Mas eu não nasci pra vigiar ninguém, ainda mais quem é feliz! Ela ficou encarregada da escola: iria levar e buscar. Eu e o Gui, da fisioterapia. Dizia que eu deveria ir andando junto, e voltar. Pois, sim! Quem iria lavar a roupa? Fazer o jantar? E meus pés, que vivem cansados? E minhas varizes! Haja!

O Gui ainda foi uns dias. Depois, cada vez ia um dos novos amigos, ou a Mariana, a amiga mais fiel. Era lindo ver tanta amizade! O Emílio, principalmente. Como ele gostava da minha neta! Às vezes iam em turma, de dois, de três. O que me importava era ver todo mundo alegre. O que os olhos não veem o coração não sente. A Aída e o Bruno, meu genro, achavam que tudo estava na maior tranquilidade e que a Marcella estava de novo presa na torre.

Ninguém teria descoberto se não fosse a história do conjuntinho. Acontece que o Emílio e o Raul adoravam tocar música e cantar. Dali a umas semanas, eles trouxeram uma guitarra.

A Mariana gostava de cantar. Enquanto Marcella fazia os exercícios na barra, ensaiavam. Era um barulhão, mas me acostumei. Que posso fazer se, hoje, em vez de música, a turma prefere barulho? O pessoal dizia pra Marcella:

— Sua avó é da pesada!

Eu nem falava nada, porque atualmente parece que "da pesada" é uma coisa boa, e as palavras mudam tanto de significado que nem consigo acompanhar. O que vale é o sorriso, o jeito como a pessoa diz.

Vou dizer a verdade: eu adorava aquela turma. Trouxe vida nova pra casa. Tudo ia muito bem, até que aconteceu a confusão.

Eu estava na cozinha, terminando de pôr o jantar na mesa, quando alguém chegou. Ouvi o Bruno abrir a porta.

— Entra, dona Matilde, a Aída está saindo do banho.

— É só um minutinho.

Nem estava pensando em qualquer problema, mas o Gui veio correndo pra cozinha.

— Vó, vai dar rolo!

Nessa hora, eu tive um pressentimento. Ainda quis entender:

— Rolo por quê?

— Hoje de tarde eu ouvi a dona Matilde reclamando do barulho, diz que aqui em casa está cheio de roqueiro maluco.

— Ih!

Sabe quando a gente ouve um trovão e tem certeza de que vem tempestade? O aviso do Gui era o trovão. O raio estava caindo. Ouvi perfeitamente quando dona Matilde explicou que o barulho era tão grande que até atrapalhava. Foi aí que caiu a tempestade!

— Dona Gilda! Dona Gilda! — gritava Bruno.

Suei frio, ah, se suei frio! Tomei coragem e fui pra sala. O Gui atrás de mim, com os olhos do tamanho de xícaras, de tão assustado.

— Que história é essa de grupos de música, bando de adolescentes, tudo na minha garagem? E da Marcella ser vista na rua com pessoas que ninguém conhece por aqui? E do Gui passar a tarde toda brincando com a molecada?

Respirei fundo e soltei o verbo:

— Pois são gente muito boa. Faço bolo de cenoura, sanduíches...

— Mamãe, a senhora ficou louca? — acusou Aída.

Bruno correu até a garagem. Havia uma porta, na sala, que dava direto pra ela. Pela primeira vez, em todo aquele tempo, ele a abriu.

Ah, pensei que ia arrebentar meus tímpanos com o grito:

— A garagem parece uma boate!

A parede preta foi o pior. Foi isso que fez o Bruno ficar mais vermelho ainda, como sempre, quando estava nervoso.

— Que tipo de gente vem aqui, dona Gilda?

— Vem gente que gosta da sua filha. É o mais importante.

Dona Matilde, sem jeito, abanava a cabeça. Gui quis ajudar.

— É gente legal, sim, pai. Tem o Emílio, tem o Raul...

— O Emílio? Aquele do bilhete?

— Ele faz tudo pela Marcella, pai! Outro dia trouxe uma garrafa de licor de uva pra ela!

— Licor de uva? Licor? A Marcella está bebendo?

Retruquei:

— Só tomou um golinho pra experimentar. A garrafa está guardada na cozinha. Pode ver. Ela nem gostou! Deixa de ser chato, Bruno! Deixa sua filha se divertir.

— E a senhora vê se deixa de ser maluca, dona Gilda. Depois de velha, virou roqueira?

— Não me ofenda!

— Eu devia chamar o hospício pra botar a senhora numa camisa de força!

— Aída, olha como seu marido está falando comigo!

— Pois eu falo quanto quiser, dona Gilda. Quanto quiser!

Eu confiei na senhora! E a senhora virou a rainha da bandalheira! A organizadora da loucura!

Perdi a paciência:

— Saiba de uma coisa, seu Bruno. Eu estava lá no interior, sossegada, na minha vidinha de sempre, cuidando da minha casa. Vocês precisaram de mim e eu vim, feliz, porque faço o que posso por meus filhos e meus netos. Não pense um minuto que vou reclamar, que vou falar que fiz favor. Eu vim porque quis. Mas não é por isso que você tem o direito de falar assim comigo.

— E a senhora não tem o direito de transformar minha casa em boate!

— Boate coisa nenhuma! Só queria que a Marcella fosse mais feliz! E vocês todos também! Não aguentava mais ver todo mundo triste, todo mundo mergulhado no sofrimento.

— Pois agora, dona Gilda, fique sabendo que não confio mais na senhora. A senhora me traiu e traiu também a confiança de sua filha.

— Por isso não. Não fico onde não me querem. Vou embora agora mesmo.

— Mãe! Não precisa exagerar! — gritou Aída.

— Telefono pro meu filho, e ele vem me buscar ainda esta noite! Vou fazer as malas. Não é exagero, não, Aída. Eu não fico mais um minuto aqui se é pra ver todo mundo se rasgando, se lamentando, sem vontade de melhorar!

Dito e feito. Saí, entrei no quarto, cega de raiva. Peguei uma sacola e atirei minhas roupas. O Gui entrou no quarto correndo.

— Vó!

— Que foi?

— A Marcella está na sala. Quer conversar com todo mundo.

— Agora não tenho tempo.

— Ela pediu pra eu dizer que é muito importante. Vem, vó.

Só voltei pra sala por causa da Marcella. E também por curiosidade, é claro. O que ela tinha pra dizer de tão importante?

9.
MARCELLA

Olhei um por um, bem no fundo dos olhos. Era uma situação tão absurda que tive vontade de rir, mas precisava ser séria, bem séria. Nem sabia explicar direito tudo o que estava pensando, mas eu precisava falar. Minha vó fora muito legal, e meus pais não estavam entendendo nada do que estava acontecendo.

— Vocês me tratam como se eu fosse uma incapaz! — comecei.

— Marcella, não diga uma coisa dessas! — mamãe gritou.

— Mas é isso mesmo! Antes do acidente, vocês não ficavam atrás de mim o tempo todo. Agora, parece que virei um vaso de cristal. Só falam em cuidar de mim, em me proteger, em...

Papai não me deixou continuar:

— Marcella, você não vai negar que ficou mais frágil. Que está mais exposta a problemas, dificuldades!

— Pai, eu não morri. Está certo, eu sou deficiente. Pensa que acho legal ser deficiente? Pois não acho não. É horrível não poder sair correndo, jogar vôlei como antes. Mas não morri, pai! Olha, pai, deixa eu falar. Tenho uma porção de coisas pra dizer e, se não falar, meu coração vai explodir, juro!

Vi que meu pai ficou chocado com o meu tom. Eu não estava gritando. Só falando bem sério, porque era a minha chance de mostrar a eles que minha vida podia ser boa! Notei que dona Matilde, a vizinha, não sabia o que fazer. Mas era bom ouvir também.

— Sabe o que está no fundo do seu coração, pai? No fundo você acha que ninguém vai gostar de mim porque sou deficiente. Puxa, eu não posso mais andar. Mas, se eu quisesse, podia até voltar a jogar vôlei, num time de deficientes! Meus movimentos são mais complicados, eu sei. Mas minha cabeça voa, pai. Meu coração bate, bate forte.

Continuei falando e eles ficaram num silêncio pesado. Disse uma porção de coisas. Contei que, quando o Bira sumiu, eu também achei que nunca mais alguém iria gostar de mim. Eu acho que amava o Bira, e sofri tanto, tanto!

Naqueles dias, em que eu ficara só deitada na cama, olhando pro teto, eu pensava que minha vida ia ser, para sempre, assim. Deitada, dependendo dos meus pais, do meu irmão.

Quando eu ficasse velha, talvez só tivesse o Guilherme para olhar por mim. E, quem sabe, nem tivesse ninguém. Porque ele poderia se cansar e partir para cuidar da própria vida. Eu ficava desesperada só de pensar. O que seria de mim?

Às vezes, eu lembrava de histórias de pessoas que são deficientes e que, mesmo assim, conseguem ter uma vida, uma profissão. Existe até um cantor, muito famoso, que perdeu uma perna quando criança. Mas eu sentia que nunca iria superar a situação. Só via tristeza pela frente.

Então, primeiro, surgiu a Mariana. Antes do acidente, achava que ela era uma gorda chata, sempre com um livro debaixo do braço. Quando fiquei na cama, ela começou a me trazer livros, e eu pensei: "Só vai ocupar espaço!". Ela trazia e eu fingia que lia. Afinal, era a única amiga que vinha em casa. Mesmo que fosse um pouco chata na questão dos livros, às vezes falava coisas interessantes.

Um dia, peguei num livro, só para olhar. Não tinha mesmo o que fazer. Abri num trecho e algumas frases despertaram minha atenção. Quando vi, estava mergulhada na história.

A amizade com a Mariana também foi assim. No início, não dava muita importância. Mas foi crescendo, crescendo! E aí ela passou a ser superimportante. Quando não vinha, eu sentia sua falta.

Foi a Mariana quem me convenceu a ir à festa.

Até aquela noite, eu fazia as coisas como um robô. Queria que o tempo passasse logo, porque, cada vez que acordava, olhava o dia e pensava: "Eu quero morrer!".

Na fisioterapia, não tinha vontade de fazer nenhum esforço. Às vezes, o fisioterapeuta me dizia: "Se você não quiser, nada vai acontecer".

Resolvi ir à festa por insistência. Por teimosia, também. Porque ninguém em casa queria que eu fosse! Mas, quando coloquei o vestido branco e me olhei no espelho, com o colar de pérolas no pescoço, não sei, deu um clique no meu peito. Acreditei em mim!

Adorei ficar na festa, olhando todo mundo dançar, e adorei quando o Emílio apareceu. Foi horrível quando caí no chão.

Pensei que o mundo ia acabar. Mas não acabou. A gente vive achando que o mundo vai acabar, mas ele sempre continua!

Na volta do baile, o Gui, a Mariana e eu viemos cantando, e foi como se tivesse acendido uma fogueira no meu coração. Eu percebi que podia andar pelas ruas — na cadeira de rodas, é claro —, que podia ter minha turma, cantar, rir e ser feliz! Na fisioterapia, fui ficando cada vez mais entusiasmada. Olha, nem sei quantas vezes eu caí quando ia fazer a barra. Mas insistia. Papai, você comprou um aparelho de metal que a gente prende nas pernas. Com isso, elas se sustentam. A gente consegue, com muita força, jogando o corpo, voltar a caminhar. Não é uma caminhada como a de alguém que tem duas pernas boas, nada disso. Mas é um progresso.

Aprendi a voltar da escola sozinha, sem depender do Gui nem de ninguém. Normalmente uma amiga me acompanhava. Mas algumas vezes vim sem ninguém. Nas sarjetas mais altas, que a cadeira não vencia sozinha, nunca deixei de encontrar alguém que me desse uma forcinha. O mundo está cheio de gente legal, digam o que disserem.

Aí chegou o bilhete do Emílio. E a gente começou a se encontrar. Era ótimo ir ao shopping, porque lá existem rampas e elevadores espaçosos. É mais fácil se movimentar. Um dia ele pegou na minha mão e acariciou suavemente. A gente conversava muitas coisas bonitas.

Estava com muito medo de me apaixonar, porque com o Bira fora um desastre. Mas o Emílio me ensinou a ter esperança de novo! Só então eu percebi como era triste viver sem esperança! As tardes que a gente passava na garagem eram maravilhosas. Enquanto eles tocavam e cantavam, eu fazia meus exercícios na barra. Sem parar. Era de cansar qualquer um. Mas eles me animavam. Ao som da música, era muito melhor do que sozinha. Meus músculos foram se fortalecendo. Não é por nada, mas acho que voltei a ter um corpo bonito graças aos exercícios que faço todos os dias.

Sempre que é possível, o Emílio e eu estamos juntos. Se é namoro, eu não sei. Ainda não dá pra saber. Às vezes ele me olha diferente, com um brilho nos olhos. Eu sinto uma emoção estranha. É um sentimento especial que a gente tem um pelo outro. Gostamos de ficar juntos. E também é tão bom ter quem goste da gente! Descobri que a vida estava indo pra frente. Não do jeito que eu pensava, não do jeito que eu sonhara. Se eu pudesse fazer o tempo voltar, é claro que não iria querer ficar paraplégica. Quem quer? Mas agora eu tinha, de novo, esperança. Esperança e sonhos!

Tenho descoberto muita coisa bonita.

No fundo, acho que eu era uma garota boba. Fiquei diferente, não sei. Descobri um monte de coisas novas: livros, música... Na clínica de fisioterapia, conheci uma psicóloga. Converso muito com ela e, de vez em quando, penso até em estudar Psicologia. Antes, eu nem sabia o que era psicologia!

Perder é difícil. Mas, em vez de ficar chorando pelo resto da vida, acho que aprendi a ganhar. Então, não é como se tivesse perdido tudo. Eu faço questão de ter minha própria vida. Não quero mais ser a garota de cristal. Quero ter meus amigos, sair. Quero ser gente. Não um vaso em cima de uma prateleira!

Foi o que expliquei ao meu pai:

— Cada coisa que eu consigo fazer é como se fosse um tijolinho numa construção. Hoje eu sei que, quando estiver mais velha, não vou precisar que o Gui me sustente. Vou estudar, ter uma profissão. Quem sabe até onde posso chegar? É isso, pai. Ninguém sabe até onde posso chegar. Mas, se passar a vida presa dentro de casa, presa no sofrimento, não vou chegar a lugar nenhum.

Quando terminei de falar, vi que minha mãe estava chorando. Papai, em silêncio. Gui também. Dona Matilde soltou uma lágrima. Aí vovó fez uma coisa prática. Acho que nunca admirei tanto vovó quanto naquele momento! Ela foi até a janela, a luz da rua entrou em casa, e todos olhamos para o céu cheio de estrelas.

A Lua estava enorme. Um perfume gostoso da dama-da-noite, que vovó plantou no jardinzinho da frente de nossa casa, entrou na sala, junto com os sons da rua, da voz de uma vizinha e do choro, ao longe, de uma criança.

Todo mundo ficou comovido. Ninguém tinha palavras naquele momento, mas agora eu sei o que aconteceu. Quando ela abriu a janela, a vida entrou na casa. Não era isso que vovó fizera, afinal, todo aquele tempo? Trazido a vida pra dentro de casa?

Eu e meu pai nos olhamos. As lágrimas rolaram pelas faces dele. Pelas minhas, também. Ele se levantou e me abraçou. Ficamos juntos, abraçados, muito tempo. Depois, mamãe se aproximou, chorando também.

— Obrigado, Marcella. Você tem muita coragem — disse papai.

Ninguém precisou dizer mais nada. Tudo estaria bem dali em diante. Eu poderia ter meus amigos. Fazer nosso som. E me encontrar com o Emílio! Dona Matilde saiu. Vovó foi fazer um bolo. Voltei para o meu quarto. Também abri as janelas e fiquei muito tempo olhando para as estrelas.

"Eu não posso andar, mas, se quiser, eu voo", pensei. "Posso chegar até as estrelas!"

E, pela primeira vez depois do acidente, eu me senti leve. Leve, muito leve! A esperança e o sonho me acompanhavam novamente!

10.
GUI

Foi assim que tudo mudou.

É claro que minha vida continuou cheia de coisas chatas. Até hoje tenho de acompanhar Marcella em muitas coisas. No ano que vem, vovó vai voltar para o interior, e eu e Marcella vamos dividir os trabalhos da casa. Marcella já pode fazer muitas coisas sozinha, cada vez mais! A vovó anda muito cansada.

Mamãe precisa continuar trabalhando. Papai está atolado, porque, além de tudo, entrou no cursinho e, quando tem tempo, fica estudando. Dinheiro pra pagar empregada, nem pensar. Prometi cuidar da limpeza da casa. Também vou fazer as camas e pendurar as roupas no varal. Marcella está aprendendo a cozinhar. Por enquanto, é um horror. Outro dia, ela quis fazer um bolo de abacaxi, mas ficou como se fosse feito de plástico, de tão grudento. Ainda bem que eu tenho mais jeito pro fogão e pelo menos o arroz já sei fazer. Senão todo mundo acaba morrendo de fome! Em compensação, Marcella passa as roupas até ficarem uma beleza. Papai faz questão que ela cuide de suas camisas.

O pessoal continua ensaiando na garagem. Acho que os vizinhos se acostumaram. E Marcella faz exercício na barra dia e noite. Os braços estão bem fortes, e ela já consegue andar pela casa, quando coloca os aparelhos de metal nas pernas e se apoia em duas muletas. O melhor de tudo é que ela e o Emílio estão sempre juntos. Conversam sem parar. Não sei como conseguem ter tanto assunto!

Naquela noite, quando Marcella soltou o verbo, ninguém me deu muita atenção. Costumam achar que sou muito novo pra entender certas coisas. Mas eu entendi muito bem, sim!

Sei que papai e mamãe queriam tratar Marcella como se fosse um vaso que pudesse quebrar em um monte de pedacinhos de uma hora pra outra. Pior ainda, eu é que devia carregar o vaso com todo o cuidado, enquanto eles trabalhavam. Imaginem, carregar um vaso daquele tamanhão!

A Marcella não queria ser um vaso. Ela sempre gostou de ser gente. Sempre teve muitos planos. Antes, ela só falava no vôlei. Agora, pensa em escrever um livro. Também está aprendendo a pintar. E já ouviu falar de um time de vôlei para deficientes. Mais cedo ou mais tarde ela vai. É como se ela continuasse com a mesma força de antes! Ainda bem. Enquanto ela esteve presa, eu também fiquei preso. A falta de dinheiro era horrível, sim. Mas o pior era não ter mais nem um minutinho pra ver meus amigos, pra brincar! E também pra pensar nas minhas coisas. Quando a gente passa por tanta coisa difícil, aprende a pensar. Deixa de ser bobo.

Marcella queria ter uma vida como tinha antes. De certo modo, aprendera a andar novamente. É isso aí, ela descobrira um jeito de andar! Ficou livre! Quando ela ficou livre, eu fiquei também.

A vida nunca mais foi como antes, mas é uma vida cheia de coisas boas. E talvez algumas delas a gente nunca descobrisse, se tudo não tivesse acontecido!

Naquela noite, depois que ela falou, falou e falou, vovó abriu a janela. Todos olhamos para o céu cheio de estrelas. De repente, lembrei também de uma aula que eu tive, quando olhei no microscópio. O professor pôs um pedaço de vidro, com uma manchinha, no microscópio.

Olhando a manchinha, a gente não dava nada por ela. Mas, no microscópio, deu pra ver tantas coisas que eu nem poderia descrever. O microscópio aumentava a mancha tanto, tanto, que a gente descobria um mundo lá dentro! Olhando as estrelas de longe, pensei: "E se eu tivesse um microscópio para observar as estrelas? Quer dizer, um telescópio?". De longe, elas parecem todas iguais, mas, chegando perto, acho que descobriria as diferenças de cada uma. Quem sabe, uma é torta. Na outra, falta um pedaço. Outra, mais apagada. A outra tem um brilho especial.

Estrelas, estrelas, estrelas! Pensei muito nelas. Talvez elas sejam como a gente. Quando olho pras pessoas que não conheço direito, parece que tudo está bem, que tudo está certo. Que só eu, minha irmã e meus pais temos problemas tão difíceis. Que a vida dos outros é tranquila. Que todos são iguais, como as estrelas que a gente vê de longe. Mas, se a gente se aproxima, como quando olhei a mancha no microscópio, ah, nem se fala! É outra história. Cada mancha é diferente. Cada estrela é especial.

Quando as estrelas entraram pela janela, foi nisto que pensei:

"Que a gente é como um pedaço da noite.

De longe, estrelas perfeitas.

De perto, estrelas tortas!".

AUTOR & OBRA

Há muito tempo, descobri que olhava o mundo como se cada coisa fosse definitiva. Como se a felicidade fosse definitiva, e a tragédia também. Mais tarde, quando comecei a escrever, me interessei pela vida das pessoas que, de alguma maneira, tinham algum tipo de contradição com o mundo. Pela vida de quem, enfim, não tem uma existência fácil. Em meus livros falo de aids, preconceito racial e das diferenças entre o modo de ser e o de viver, que é o caso de *Estrelas tortas*. Neste livro me dediquei não só ao problema de uma garota que se torna deficiente física, mas também ao impacto desse acontecimento na vida das pessoas que a cercam.

Para escrever o livro, falei com médicos e também com alguns portadores de deficiência. A extensão da paraplegia varia muito. Há pessoas que perdem os movimentos do corpo inteiro. Um rapaz me impressionou muito: paraplégico há quinze anos, com lesões muito graves, conseguiu reaprender alguns movimentos básicos, casou-se e trabalha para sustentar a família. Uma senhora, também paraplégica, que conheci no exterior, morava em um apartamento e vivia de fazer ilustrações para livros infantis. Sustentava a sobrinha e a casa. Tinha uma vida independente!

Aprendi muito nessa convivência. Tanto com os paraplégicos como com todas as minhas personagens. Verifiquei, por exemplo, que existem dois tipos de problema na vida em geral. Um é o problema em si, que pode ser desde uma lesão física a uma crise financeira; o outro é a forma como a pessoa encara as coisas. Para alguns, pequenas tragédias se tornam grandes, tal a incapacidade de enfrentar qualquer adversidade. Para outros, grandes problemas são superados com leveza e otimismo. E é a maneira de enfrentá-los que muda tudo. Felicidade e tragédia não são, assim, definitivas. São situações que dependem de cada um para ser atingidas ou superadas.

Em *Estrelas tortas*, quis falar da vida de uma paraplégica, mas quis mostrar, também, como todos nós somos livres para voar. Só quem tem força interior supera as dificuldades do dia a dia e brilha, enfim, como estrela.

Walcyr Carrasco

QUEM É WALCYR CARRASCO

© Álvaro Toledo Leme

Walcyr Carrasco nasceu em 1951, em Bernardino de Campos, SP. Escritor, cronista, dramaturgo e roteirista, publicou mais de trinta livros infantojuvenis ao longo da carreira; entre eles, *O mistério da gruta*, *Asas do Joel*, *Irmão negro* e *Estrelas tortas*. Fez também diversas traduções e adaptações de clássicos da literatura, como *A volta ao mundo em 80 dias*, de Júlio Verne, e *Os miseráveis*, de Victor Hugo, com o qual recebeu o prêmio Altamente Recomendável pela Fundação Nacional do Livro Infantil e Juvenil. Em teatro, escreveu várias obras infantojuvenis, entre elas *O menino narigudo*. *Pequenos delitos*, *A senhora das velas* e *Anjo de quatro patas* são alguns de seus livros para adultos. Autor de novelas como *Xica da Silva*, *O cravo e a rosa*, *Chocolate com pimenta*, *Alma gêmea*, *Caras & Bocas* e *Amor à vida*, é também premiado dramaturgo – recebeu o Prêmio Shell de 2003 pela peça *Êxtase*. Em 2010 foi premiado pela União Brasileira dos Escritores pela tradução e adaptação de *A megera domada*, de Shakespeare.

É cronista de revistas semanais e membro da Academia Paulista de Letras, onde recebeu o título de Imortal.